Vincent Quivy

Ni pleurs ni pardon

Éditions de L'Observatoire

ISBN : 979-10-329-2839-4
Dépôt légal : 2023, août

170 *bis* boulevard du Montparnasse, 75014 Paris

17

Tu as dix-sept ans à Palma de Majorque.

Souvenir d'une chaleur accablante et des corps sombres des jeunes Espagnoles en maillot descendant à pas lents vers la plage.

Tu les observes depuis le balcon du meublé. Vous vous y terrez depuis le début de l'été.

Vous avez échoué là un soir de juin.

Un voilier vous a déposés sur un quai du port comme deux paquets sans valeur. Ton père a juste pris le temps de vous conduire à ce petit appartement du front de mer. Vous l'avez suivi, hébétés et transis, sans dire un mot.

« C'est pour les vacances, après on verra », il a expliqué. Puis il est parti.

Ta mère est restée longtemps prostrée sur le fauteuil du salon. Elle n'arrivait pas à admettre ce qu'elle vivait. Les changements étaient trop rapides et trop radicaux.

Elle te regardait sans te voir, perdue dans ses pensées, tirant sur sa gitane sans filtre à l'odeur âcre.

Tu te souviens que ses premiers mots ce soir-là ont été :

« Je ne parle même pas espagnol. Est-ce que tu sais dire quelque chose, toi ? »

Tu as haussé les épaules. Elle a ajouté :
« J'avais dit à ton père de nous emmener en Italie.
– On est juste là pour les vacances. »
Elle a soufflé.
« Les vacances ? elle a fait. Quelles vacances ? »
Puis comme reprenant le fil de sa pensée, elle t'a demandé :
« Tu saurais te débrouiller pour acheter à manger ? »
Tu as haussé les épaules à nouveau.
« Il me faudrait des cigarettes aussi, et puis du vin frais, elle a ajouté. Quelque chose de lourd mais de frais. »
Vous avez mangé dans le soir, tard, fenêtres ouvertes sur la mer, en silence. Le paysage, l'ambiance, le bruit, rien ne vous parvenait. Vous étiez sous le choc.
Puis il y a eu d'autres repas.
Et d'autres repas encore.
Des jours et des semaines.
Tu ne sais pas combien de temps les « vacances » vont durer. Seul ton père a le calendrier, lui seul peut vous dire où aller. Vous l'attendez.
Il est revenu puis reparti sans vous livrer d'indication sur votre avenir.
« Je fais au mieux, il a expliqué. Ne vous inquiétez pas. »
Ta mère sort peu du meublé. Depuis qu'elle a réussi à se faire envoyer des livres, elle lit, volets fermés, dans son lit. Tu vis dehors, sur la plage, dans les cafés ou sur les trottoirs, seul.
Tu espionnes des groupes de lycéens.
Dans un hier tout proche, tu étais eux. Toi, et « la bande de Bugeaud » : Paul, Momo Asanza, Sofia, Pierrot de Peil, Jo Negroni, Martin-Maurel. Tous les autres.
Les jeunes de Palma vous ressemblent. Même physique, mêmes vêtements, même attitude. Tu voudrais parler avec eux et t'insérer dans leurs bandes mais tu connais trois mots

d'espagnol. Et tu es déboussolé. Impossible de comprendre ce que tu fais là et ce que va être ta vie. Quelques semaines plus tôt, tu étais au lycée, tu nageais quatre fois par semaine, tu traînais avec Paul et Pierrot, tu draguais Sofia Vesiani. Tu te nourrissais de la vision de son corps fin et bronzé, ses cuisses minces, sa peau dorée par la mer et le soleil. Tu fantasmais sur ses dessous et ses lèvres pulpeuses.

Soudain tout le monde a disparu. Envolés comme une flopée de moineaux au premier coup de feu.

Tu as débarqué à Palma sans savoir où les autres avaient échoué, sans qu'ils sachent où toi-même tu avais échoué. À Palma, il n'y a plus ni piscine, ni lycée, ni ami.

Plus rien.

Ton activité principale consiste à tenter d'accrocher des regards. À défaut de paroles, tu quêtes dans les yeux des autres un peu de désir ou d'amour. Quémander des cigarettes en guise d'approche, regarder les filles sur la plage et fantasmer sur elles ensuite dans la solitude du meublé.

Les journées coulent.

Tu as gravé tes initiales sur une table du *Granero*. Au lycée, les bureaux étaient recouverts d'entailles, de lettres, de noms, de prénoms, de dates, de cœurs, de dessins. Pourtant, tu n'as jamais osé inscrire quoi que ce soit. Il ne reste aucune trace de ta présence dans les salles de classe. Tu te rattrapes, là, comme un élève retardataire ou distrait.

Tu traînes souvent au *Granero*. Tu l'as découvert un soir de hasard. Il sert de QG à tout un ramassis de réfugiés français. Le patron est un Suisse qui tenait *Le Grand Café* à Oran et « s'est récupéré », comme il dit, en achetant ce troquet en plein quartier à touristes. Les autres le surnomment Attila parce qu'il se vante de n'avoir laissé derrière lui que « des cendres et des ruines ». Immense bonhomme de deux mètres qui se fait respecter sans même ouvrir la bouche. Quand il t'a vu, le premier soir, à la terrasse, il t'a noyé de questions. Français ? Qui tu es ? Quel âge tu as ? D'où tu viens ? T'es le fils de qui ? Qu'est-ce que tu fous là ?

Il connaît ton père. Ils connaissent tous ton père. En savent beaucoup plus sur lui que toi. Ils l'appellent « le Capitaine ». Tu devines à leur ton que c'est une marque de respect. Ils ont tous des surnoms : le Général, le Monocle, Conan, Tassou, la Boiteuse, le Lieutenant. Ils ressemblent à une bande de conspirateurs. Ce qu'ils sont. Restent entre hommes et entre Français. Tu comprends assez vite qu'il existe entre eux des inimitiés. Ils se regroupent par bandes : « les Deltas », « les Biffains », « les Colline »... Ils fréquentent tous le même bar aux mêmes heures mais ne se parlent pas. Attila, lui, va d'une bande à l'autre.

Il te prévient :

« Tu es le bienvenu ici mais il y a des gens que tu dois éviter. »

Certains sont à peine plus âgés que toi. Ils te regardent de haut. Jouent aux durs sous prétexte qu'ils ont pris part au combat. Ils transpirent la haine et l'amertume.

Il y a ceux qui n'appartiennent à aucune bande. Ceux-là viennent vers toi. Ils sont tout heureux de trouver une oreille pour développer leur point de vue et raconter leur histoire. Le plus assidu est Jean-Fé. Attila te met en garde :

« Méfiance, reste à distance, rappelle-lui qui est ton père. »

« Je suis le secrétaire particulier du Général », il dit en t'abordant d'une petite voix aiguë. Il lâche sa phrase comme on cite un titre de gloire. Tu ne comprends pas quel général. De Gaulle ? Peu probable. Tu ne saisis pas non plus quelle fierté on peut tirer d'être « secrétaire particulier ». Tu ne connais pas le terme. Te demandes si ce n'est pas un travail réservé aux femmes. Il est, du reste, efféminé. « Je suis capitaine dans l'armée de terre, il proclame fièrement, j'ai vingt ans de service dont dix ans de guerre. »

Tu l'entends sans l'écouter. Rien à foutre de ses récits militaires ni de ses histoires de vieux combattant. Aucune envie de discuter avec des types de l'âge de ton père. Il disparaît durant l'été. Tu apprendras plus tard qu'il a été arrêté à la frontière française et qu'il était sous le coup d'une condamnation à mort par contumace. Beaucoup de ces types apparaissent, disparaissent puis, parfois, réapparaissent. Ils semblent vivre entre différents lieux, en mouvement ou, plus exactement, en cavale. Certains se font prendre, comme Jean-Fé, d'autres émigrent au Portugal ou en Amérique du Sud, beaucoup effectuent des « missions » ou de brefs voyages à Madrid ou ailleurs.

Tu traînes au *Granero* sans savoir pourquoi. Peut-être pour entendre parler français ou bien parce que tu apprécies d'être identifié. Ce sont les seuls moments et le seul endroit où tu existes à nouveau, où tu n'es plus une silhouette silencieuse et anonyme errant comme un fantôme dans un monde inconnu. Peut-être aussi que ce ramassis de conspirateurs en exil éveille ton intérêt. Il constitue, au cœur des journées mortes, un spectacle vivant, et te rapproche de ton père. À travers ces types, tu tentes de le retrouver. Certains l'ont bien connu. Ils t'en parlent avec une nostalgie gênante d'anciens combattants. Il a dirigé des commandos paras et demeure le héros de ceux qui ont vécu les missions périlleuses. Tu écoutes leur récit avec un mélange de malaise et de fierté honteuse.

Ta mère te déconseille de fréquenter « ces gens ». Quand Attila propose de la mettre, par ton intermédiaire, en relation avec sa femme pour l'aider à « se faire des amies », elle décline. Elle n'aime pas ce monde. Préfère rester seule plutôt qu'être avec eux.

« Laisse-les à ton père, elle te glisse, ils ne sont pas fréquentables. »

Tu hausses les épaules puis répliques :

« Au moins, ils parlent français.

– C'est à peu près tout ce qu'ils savent faire d'honnête. »

Elle a des avis tranchés sur à peu près tout mais elle n'aime pas discuter. Elle lit, beaucoup, fume, beaucoup, attend. Elle attend ton père comme elle l'a toujours fait. Il reste l'amant furtif et le grand frère bienveillant qui passe en coup de vent pour régler une facture, réparer un robinet ou te « remonter les bretelles ». Il a deux autres « femmes » et un enfant de chacune. Ta mère dit qu'il fréquente d'autres filles encore. Il aime cette vie disparate et jamais identique, toujours en mouvement. Il a déserté deux ans plus tôt, juste avant tes quinze ans. La clandestinité n'a rien changé à son existence. Au fond, il est en cavale depuis des années, depuis toujours peut-être. Tu le voyais peu et quand tu le voyais il ne parlait pas de lui. Il ne t'interrogeait pas non plus. Il te noyait de reproches et de conseils.

Il sait de toi ce que ta mère lui dit. Ça lui suffit. Toi, pas. Tu ne parviens pas à avoir de l'affection pour ce visiteur éphémère, distant et autoritaire. Son mètre quatre-vingt-dix, son corps puissant, son beau visage de séducteur, son ton déterminé, sa voix grave, ses yeux bleu glacier t'écrasent. Ils impressionnaient l'enfant que tu étais et complexent l'adolescent que tu es.

Tu ne sais pas grand-chose de lui en réalité. Ta mère en parle peu. Sans doute parce qu'elle manque d'informations. Elle n'évolue pas dans son milieu, ne fréquente pas ses camarades, n'a aucun lien avec sa famille. Elle est une sorte de compagne clandestine dans sa vie. Il lui livrait quelques bribes de ses activités quand elles étaient encore légales. Une fois plongé dans l'ombre, il a cessé toute confidence.

« C'est généralement par les femmes qu'ils nous logent », il lui a expliqué.

Comme il en a beaucoup, de femmes, il redouble de prudence. Il a continué de passer pourtant. Peut-être les autorités ne connaissaient-elles pas, à ce moment-là, votre existence même si tu portes son nom et que ta mère a été son épouse. Le temps qui est passé, les femmes et les enfants qu'il a eus depuis avaient recouvert vos traces. Vous constituiez une couche ancienne, la première, sur laquelle d'autres couches étaient venues se poser.

Avant Palma, tu parvenais à suivre son parcours dans les journaux. On citait son nom et celui de son régiment. Ils étaient à la pointe de l'action. Ta mère découpait les articles et te les montrait. Tu ignores ce qu'elle en a fait. Il était question de lui et du « commando de l'air » dont il était capitaine. Tu as une douzaine d'années, il défile sur les Champs-Élysées le 14 juillet et est reçu par le président de la République. Vient ensuite une longue période de silence. C'est l'époque où il est à la section « action » des services secrets : le « 11e choc ». On reparle de lui à nouveau quand il est muté dans un régiment para. On évoque une sanction puis sa désertion fait du bruit. C'est le premier officier à franchir le pas. Il part avec les armes, le matériel et les hommes de son commando. Quelques semaines plus tard, il est arrêté, mis au secret et enfermé dans un camp d'internement militaire près de Nîmes. Le journaliste insinue que, depuis son passage au service « Action » des services secrets, chargé des basses besognes du renseignement militaire, il détient beaucoup d'informations compromettantes pour le pouvoir et qu'il ne sera jamais jugé. Il passe pourtant, peu de temps après, devant le tribunal militaire. Risque le peloton d'exécution. Il écope de quelques mois de prison avec sursis. Sa libération devrait être immédiate mais il reste emprisonné dans son camp d'internement. « Mesure administrative ». Son avocat porte plainte, sans résultat, pour « détention arbitraire ». Sa notoriété est telle, à cette époque, qu'il a droit à un reportage dans *Paris Match*. On le voit derrière les grillages, souriant et séduisant. Il a obtenu d'un général « qui l'apprécie » le droit de se marier derrière les barbelés. Il pose avec sa nouvelle femme dans la cour du camp. Il y a un repas de noces avec des invités. Tu te souviens de ces photos, l'impression étrange qu'elles avaient provoquée en toi et les commentaires de ta mère. Elle semblait à la fois incrédule et soulagée.

« Ce n'est pas un camp d'internement, c'est un camp de vacances ! » « Même quand il est en taule, il réussit à séduire des bonnes femmes ! » « Ils ne disent pas à combien de mariages il en est ? Je n'ai jamais su tenir le compte. »

Son évasion, quelques semaines plus tard, est annoncée en une, un jour de février, l'année de tes quinze ans.

Ta mère achète une dizaine de journaux. Elle veut des détails. Elle ne comprend pas. Toutes ces histoires la dépassent. Le parcours de ton père reste pour elle un mystère. Elle l'a connu jeune officier d'élite plein d'avenir et de médailles, elle le retrouve clandestin, paria gentiment sanctionné, figure de magazines. Elle t'interroge sur ce que tu entends dans la rue et dans la cour. Qu'est-ce qui se dit ? Tu es censé lui expliquer les bégaiements de l'histoire. Elle lâche :

« Toi, tu es français, tu dois comprendre. » Elle est italienne quand ça l'arrange. Elle t'assure que vous ne reverrez pas ton père, qu'il va filer au Portugal ou en Amérique, qu'il doit déjà être loin.

Il réapparaît un matin, souriant et détendu, une arme dans la veste. Il donne de l'argent à ta mère et te lance : « Ne crois rien de ce qu'on raconte dans les journaux. »

À Palma, vous n'achetez pas la presse parce qu'elle est en espagnol. Vous n'avez ni radio ni télé. Tu ne sais rien ou presque. Vous vivez comme des migrants en transit. Votre meublé est la salle d'attente d'une gare d'où ne part aucun train. Ta mère a des nouvelles grâce au courrier qu'elle reçoit et dont elle ne te dit rien. Tu t'informes auprès des habitués du *Granero*. Ils évitent de donner des informations précises. Tout le monde se méfie de tout le monde. Tu reconnais un jour un camarade de combat de ton père grâce aux photos découpées dans les journaux. C'est un officier para qui se nomme Jean-Marie Curutchet. Il se fait désormais appeler « capitaine André ». Il te confie, en te faisant promettre de ne pas le répéter, qu'il a croisé ton père. Il va bien. Il te dit de ne pas t'en faire parce que « le Capitaine est protégé par son passé dans le service Action. Il sait trop de choses, ils ne tiennent pas à l'arrêter, et le liquider passerait mal auprès de ses anciens camarades des services secrets. » Il te parle comme à un compagnon de combat, en chuchotant, avec un ton de conspirateur. Tu apprendras plus tard qu'il dirigeait alors l'Organisation avec ton père et un autre capitaine déserteur, Pierre Sergent.

17 + 1

Dix-sept ans et un mois le 17 août.

Ta mère a décidé de fêter ton anniversaire.

Pourquoi si tard ?

Elle attendait ton père. Il s'est annoncé.

Elle s'est mise en cuisine et est allée chez le coiffeur. Vous poireautez toute la soirée. Elle finit par s'endormir dans le fauteuil. Tu en profites pour filer sur la plage avec une grande bouteille de bière. Puis tu te mets en quête d'un bus pour partir quelque part, n'importe où, loin. Mais il n'y a plus de bus à cette heure-là.

Un jeune Espagnol s'inquiète de ta situation. Il s'amuse de ton incapacité à aligner trois mots et parvient à t'expliquer qu'il rentre de Paris et ne sait pas en dire plus en français, à part : « Où se trouve la place de la Concorde, s'il vous plaît ? »

Il fait des efforts pour que tu le comprennes malgré la barrière de la langue. Il connaît plus de mots français qu'il ne le dit.

Esteban. Il a l'assurance et le physique que n'importe quel gamin de dix-sept ans rêve d'avoir. Les yeux clairs, la peau mate, de beaux cheveux châtains, les dents blanches ; grand et svelte, élégant, déjà adulte sans être vieux. Il est plein d'attentions. Te propose de t'accueillir chez lui. Ses parents ont une grande maison. Tu lui dis que tu es censé fêter tes dix-sept ans ce soir. Il ne veut pas le croire :

« Tu dois rentrer chez toi, ils doivent t'attendre. »

Il insiste pour te ramener. T'entraîne vers sa Vespa et te propose de faire un tour. Vous vous promenez longtemps dans les rues de Palma. Il t'emmène à une fontaine dans laquelle tu dois lancer des pièces.

« Dix-sept ans, dix-sept pesetas, il t'explique. C'est la tradition. »

Tu t'exécutes. Il te dit quelque chose comme :

« Maintenant, il y a une preuve que tu as eu dix-sept ans ici. »

Vous filez ensuite vers la mer. Il s'arrête à une station essence *open all night* et achète une petite boîte à cigarettes en métal argenté. Il te la tend avec un paquet de Camel en disant :

« *Feliz cumpleaños.* »

Il te cite un proverbe que tu traduis par :

« Amis à dix-sept ans, amis pour dix-sept ans. »

Tu lui réponds que tu aimerais bien savoir ce que tu feras et où tu seras dans dix-sept ans.

Il te fait répéter puis lâche :

« Voyons déjà ce qu'on fera demain. »

Vous commencez à vous comprendre sans saisir tous les mots. Vous convenez d'un rendez-vous.

Quand tu rentres au meublé, tu nages dans l'euphorie. Heureux d'avoir un ami. Fasciné par Esteban. Premier copain depuis deux mois.

Il est très tard, ta mère s'est couchée et a laissé un cadeau sur la table. C'est un livre de Jean Giono, *Angelo*. Tu le lis dans la nuit et t'endors persuadé que le héros du roman ressemble trait pour trait à Esteban.

Quand tu te lèves, elle est déjà debout et tourne en rond.

« Ton père n'est pas venu. Ce n'est pas normal. J'ai peur qu'il lui soit arrivé quelque chose... à moins qu'il compte nous laisser là indéfiniment.

– Est-ce qu'on a besoin de lui pour aller en France ? tu lui demandes. On a deux valises et on n'est pas recherchés par la police. »

Elle fait celle qui n'entend pas. Elle vit depuis si longtemps dans l'attente que tu la soupçonnes de ne pas vouloir en sortir. Elle te laisse un moment puis revient avec une réponse à ta question.

« On n'a pas d'argent et pas de point de chute. Il nous faut un point de chute. Ton père a dit qu'il s'en occupait.

– Je peux emprunter à des gens qui le connaissent, et puis on peut aller en Italie chez Nono et Nonetta.

– Pour y faire quoi ? elle réplique. Tu ne parles même pas couramment italien ! Et j'ai passé l'âge de retourner vivre chez mes parents.

– Alors n'importe quelle ville française fera l'affaire.

– On vivra comment ? Sans ton père, on est à la rue.

– Tu donneras des cours, comme tu faisais. Pourquoi ce serait différent ?

– Parce que je ne connaîtrai personne. Il faut connaître des gens pour donner des cours.

– Tu mettras une annonce.

– Ce n'est pas comme ça que ça marche.

– Qu'est-ce que tu en sais ?

– J'ai vécu, tout n'est pas simple comme tu le crois. »

C'est votre première vraie discussion depuis votre arrivée à Palma.

« Je dois aller au lycée, tu reprends. Je peux pas rester comme ça indéfiniment.

– La rentrée est encore loin, ton père va trouver une solution.

– Tu viens de dire que tu t'inquiètes. S'il est à nouveau arrêté, on fait quoi ? On va attendre ici qu'il sorte ? Il va prendre perpète. »

Elle hausse les épaules.

« Il a toujours pris que du sursis.

– C'était au tribunal militaire, Maman, maintenant il y a plus droit. Et puis son passif s'est un peu alourdi, crois-moi.

– Qu'est-ce que tu en sais ?

– Ils l'ont viré, Maman, il est plus officier. Il va prendre le maximum. »

Ça renforce son inquiétude sans pour autant la faire fléchir. Elle est bien décidée à attendre.

« On ne peut pas partir sans le prévenir de toute façon. Il faut d'abord avoir des nouvelles. »

Tu passes au *Granero* en fin de matinée pour quémander des informations. Tu parles à Attila des inquiétudes de ta mère et de ta volonté de quitter Palma.

« Je sais que ton père parlait d'acheter un fonds de commerce ici, il te confie, mais je ne sais pas s'il est toujours dans cette idée. J'en ai plus entendu parler. En tout cas, je n'ai pas entendu dire qu'il ait été arrêté. Vu la situation, le jour où ça arrivera, si ça arrive, il y en aura plein les journaux. Si j'étais toi, je prendrais mon mal en patience. Profite, c'est l'été, les filles sont belles et la mer est bonne. »

Ta mère accueille les nouvelles sans un mot. Tu ne sais pas ce qu'elle pense et ce qu'elle espère vraiment, où elle a envie d'aller et ce qu'elle aimerait faire. Tu lui offres ton paquet de Camel.

Plus tard, elle te confie : « Ton père ne sera pas pris parce qu'il sait ce qu'il risque. »

Tu hausses les épaules. Tu ne comprends pas ce qu'elle veut dire. Qu'il préférera se faire tuer que d'être arrêté ? Tu la laisses à ses réflexions et rejoins la plage.

Ton après-midi résonne du rendez-vous prévu en début de soirée avec Esteban. Tu as emporté avec toi ton dictionnaire d'espagnol et tu apprends des phrases et des mots. Tu veux l'épater et réussir à communiquer avec lui.

Tu as soudain peur, passé l'enthousiasme de la nuit, de le trouver différent.

Il t'apparaît comme tu l'espérais, souriant et chaleureux, complice et séduisant. Polo marine et short blanc, cheveux ébouriffés par la vitesse de la Vespa. Vous parvenez à échanger. Lui dit quelques phrases en français, toi quelques mots en espagnol. Votre volonté fait le reste. Il parle lentement, poursuit avec des gestes, rit de ses explications. Tu ressens d'étranges sentiments pour lui. Tu aimes sa façon d'être et son physique beau et fin. Tu es plein d'admiration. Il t'observe avec une attention à la fois constante et amusée. La barrière de la langue vous oblige à échanger beaucoup par le regard mais l'essentiel vous échappe. Il t'emmène dans un troquet à la mode chez les jeunes de Palma. Il y connaît des gens. Il te présente, tu souris. Tu as l'impression de t'insérer enfin dans la ville. Il appartient à la jeunesse dorée de l'île, ses camarades sont habillés de pull et de polo chics, portent des Ray Ban, roulent en Vespa, dépensent des fortunes ; flambeurs et exubérants. Lui est différent, retenu, discret, mesuré. Tu surprends parfois de la désapprobation dans son regard. Comprends, sans saisir les mots, qu'il l'exprime à plusieurs reprises devant eux.

Il t'apprend l'espagnol en nommant chaque endroit où vous vous rendez, chaque objet que vous utilisez. Il te décrit les gens que vous croisez :

« C'est un vieux, il a les cheveux gris, il est petit, il marche lentement. Tu as compris ? »

Vous passez une semaine sans vous lâcher. Après des jours et des jours de solitude, tu plonges soudain dans la vie adolescente.

Il y a des soirées, de la musique et des filles. Mignonnes petites bourges apprêtées et souriantes qui te surnomment « joli Français », elles s'amusent de ta timidité et de ton air perdu. Tu sympathises avec des copines d'Esteban. Camilla, Julieta, Kiti. Elles sont toutes amoureuses de lui. Tu flirtes avec une grande brune à l'air sage, Kika. Tu as besoin de tendresse et de sensualité, de corps-à-corps mais elle te fait comprendre que les choses ne se passent pas comme ça ici.

« Les Français mettent leurs mains partout, elle fait, mais les Espagnols sont plus respectueux. »

Esteban traduit comme il peut, un sourire sur les lèvres. Tu lui demandes si une de ces filles est sa « fiancée ». Il répond :

« Pas de fiancée, pas d'attache. »

Il a dix-huit ans et s'apprête à partir à Barcelone pour suivre des études de droit.

« Le but véritable et secret, il te confie, c'est de faire de la musique. » Il joue du piano et se passionne pour le jazz.

Après plusieurs nuits festives, il s'écarte du sillage de ses copains et copines, lassé de leurs outrances. Trop de fric, trop d'arrogance. Ou peut-être qu'il veut t'éloigner de ces filles que tu colles et qui te trouvent sans doute un peu lourd. Tu perds les pédales, grisé par la fête et l'alcool. Tu paies des semaines d'inertie, d'angoisse et d'exil. Tu as besoin d'être regardé, aimé, caressé. Être vivant à nouveau, avoir dix-sept ans.

Vous délaissez les potes et les bars, les soirées alcoolisées pour vous réfugier chez lui. Il habite à l'extérieur de la ville une belle villa avec piscine. Pelouses, fleurs, gardien et gouvernante. Son père est un ponte dans l'administration franquiste mais il n'aime pas Franco. Esteban non plus. Tu l'écoutes jouer du piano, il t'apprend quelques rudiments, te fait découvrir le jazz. Il te parle de l'Espagne, t'explique l'histoire, la guerre civile, Federico García Lorca. Il t'interroge sur ton passé et ce « là-bas » d'où tu viens, et où tu ne retourneras pas. Tu lui racontes ta vie. Le parcours de ton père, les difficultés de ta mère. Il te fait entrevoir ce que tu n'as pas vu, évoque la réputation déplorable de l'Organisation, te parle pour la première fois de « dépression nerveuse ». « Peut-être que c'est ce dont souffre ta mère après tous ces événements. » Tu passes tes journées à l'écouter et à le regarder.

17 + 2

Aucune nouvelle de ton père et aucune information sur ton avenir. Tu souffles à ta mère que votre point de chute pourrait être Barcelone, une ville immense et accueillante où elle trouverait facilement du travail et toi un lycée, où ton père pourrait passer vous voir sans risquer l'arrestation.

Elle répond :

« Ton père n'aime pas. C'est une ville trop républicaine.

– Trop républicaine ? Qu'est-ce que ça veut dire ? Et puis, de toute façon, qu'est-ce que ça peut foutre ?

– C'est lui qui décide.

– T'as pas divorcé quand j'avais cinq ans ? Depuis il a eu deux gosses et je ne sais combien de femmes... Et c'est toujours lui qui décide de ta vie ? »

Elle hausse les épaules et s'éloigne. Elle n'aime pas discuter.

« Ben moi, j'irai à Barcelone », tu lances dans son dos.

Au *Granero* aussi flotte un parfum de départ. La période transitoire semble toucher à sa fin. Pour nombre de réfugiés, Palma n'était qu'une étape sur la route de l'exil. Ils ont rejoint la Péninsule en quête d'un lieu où se poser définitivement. Ne restent que ceux qui ont choisi de vivre là et quelques « retardataires », égarés sur le chemin du retour ou venus chercher à

Palma un soutien logistique. Attila te dit qu'il y a parmi eux des agents des services de renseignement et t'enjoint de te méfier de tous. Contrairement à ce qu'affirmait « le capitaine André », ton père est devenu une cible prioritaire, « l'ennemi public n° 1 ». De Gaulle vient d'échapper de peu à un attentat et les services secrets lui en attribuent la responsabilité. À juste titre ? Attila ne sait pas, ou du moins il le prétend. Ton père serait traqué par une équipe de six hommes entièrement dévoués à sa capture. Tu apprends qu'il a été condamné à mort par contumace. En plus d'être mêlé à la tentative d'assassinat de De Gaulle, il est considéré comme un des chefs de l'Organisation. Tu demandes à Attila s'il sait où il se trouve, s'il y a des chances qu'il repasse par Palma. Il te confie à voix basse que le Capitaine vit en semi-clandestin et change sans arrêt de domicile. Il a peur d'une action du « 11e choc », son ancien service. Il pourrait être enlevé puis « déposé » devant un commissariat de France. Les rumeurs vont bon train chez les réfugiés. L'Espagne ne serait plus une terre sûre. Des malfrats du Milieu auraient été recrutés pour effectuer « le sale boulot ». On parle notamment de la bande du tueur Jo Attia. Attila, lui, se sent en sécurité à Majorque parce que c'est une île.

« C'est un territoire tout petit et isolé. On peut jamais être sûr de s'en échapper rapidement. Les types préfèrent frapper à Madrid ou Barcelone, ils se perdent facilement dans la ville et après ils regagnent la France en voiture, ni vu ni connu. Palma, c'est plus compliqué. »

Alors le Capitaine a tout intérêt à y revenir ?

« Oui et non, il fait. Pour lui la stratégie idéale, c'est le mouvement, et Palma, de ce point de vue, est pas très pratique. »

Tu es de plus en plus certain qu'il ne reviendra pas. Tu ne parles pas à ta mère de la condamnation à mort par contumace. Tu lui résumes les propos d'Attila en :

« Il pense que Papa a décidé de se fixer à Barcelone. »

Ce n'est pas fidèle à la réalité mais tu veux la pousser à bouger et, plus précisément, à rejoindre, d'un coup de bateau, la Catalogne.

Elle n'en croit pas un mot et répète :

« Il n'aime pas Barcelone.

– C'est pas loin de la France et c'est une grande ville, tu argumentes. Il est traqué par une équipe de policiers et par le 11e choc. On dit qu'il est responsable d'un attentat contre de Gaulle. »

Ça la fait réfléchir.

Elle mesure sans doute que la situation a évolué. Le cas de ton père devient désespéré. Elle en conclut que vous ne le verrez pas de sitôt mais ne dit rien et retourne dans sa chambre. À partir de cette conversation, elle ne la quitte pratiquement plus. Tu ne comprends toujours pas ce qu'elle attend de ton père. Pourquoi est-ce qu'elle en est encore à dépendre de lui dix ans après leur divorce ? Tu ne sais pas non plus pourquoi l'évolution prévisible de la situation semble l'atteindre. Elle s'attendait à quoi ? Qu'on remette une médaille au déserteur ?

Depuis le temps, elle a dû saisir qu'il aime cette vie de cavale. Qu'il n'aime que cette vie-là. Il va de planque en planque, c'est-à-dire de femme en femme. En connaît et en séduit partout. Son existence clandestine lui sert d'alibi : ses départs au petit matin ne sont pas ceux d'un baiseur d'un soir mais ceux d'un activiste en fuite. Ces femmes lui permettent de ne dépendre d'aucune organisation et d'être, même pour ses camarades, introuvable. Ses « points de chute » n'appartiennent pas à la nébuleuse politique pour laquelle il combat. Ils ne sont pas fichés et encore moins surveillés. Ils ne donnent pas la possibilité de le « loger » à ceux qui le traquent. Ton père est un fantôme qui ne laisse aucune trace.

Tu en viens parfois à te demander s'il est réel. Une nuit, tu te réveilles en nage, apeuré par l'idée que tu n'existes pas plus que lui. Que vous appartenez tous les deux à un monde fictif. Tu inscris ton nom à plusieurs endroits sur les murs du meublé et quand, le matin au réveil, tu constates qu'il y est encore, tu es soulagé.

Un type t'aborde dans la rue et te demande en français si tu es bien le fils du Capitaine. Tu te méfies. Il porte, comme beaucoup de réfugiés du *Granero*, un lourd blouson alors qu'il fait une chaleur accablante. C'est le signe qu'il est armé. Cheveux courts, épaules carrées, visage hostile, il a tout du para déserteur. Tu lui réponds en espagnol que tu ne comprends pas le français. Il te toise avec un regard perçant puis s'éloigne.

Pour fêter son prochain départ, Esteban t'emmène dans une crique à une demi-heure de Palma. C'est une petite guinguette au bord de l'eau, loin des gens qu'il connaît. Un déjeuner en tête à tête. Les sentiments que tu éprouves pour lui te paraissent complexes. Sur sa Vespa, en serrant de tes doigts fébriles sa taille fine, tu as ressenti une fièvre identique à celle que tu avais éprouvée quand tu avais posé ta main sur la cuisse de Sofia Vesiani.

Tu ne sais pas si c'est bien ou mal. Est-ce que les autres garçons connaissent ce genre d'émotions ?

Tu navigues entre exaltation et anxiété. Quelque chose t'échappe et il semble que ce quelque chose, c'est toi. Ce que tu es, ce à quoi tu aspires, ce dont tu rêves. Assis derrière Esteban, tu as eu la sensation de n'être qu'un passager, sur ce scooter comme dans la vie, porté et dirigé par d'autres.

Tu te laisses couler avec inquiétude dans le bonheur du moment.

Attila, le patron du *Granero*, mange avec deux types en costume-cravate, à deux tables de la vôtre. Quand il t'a aperçu, son visage a changé d'expression. Emmerdé et mal à l'aise, comme pris en faute. Tu n'oses pas aller le saluer.

Esteban te dit :
« C'est des flics.
– Quoi, tu les connais ?
– Non, mais franchement ils ont des gueules de flics. »
Plus tard, l'ombre du corps d'Attila se pose sur votre table. Il se carre devant vous, massif et imposant, et lâche avec autorité :
« Tu m'as pas vu, je suis pas là. Je t'expliquerai plus tard mais pour l'instant je peux rien te dire alors tiens ta langue. »
Il s'en va sans ajouter un mot. Esteban est impressionné.
« On aurait dit un gangster.
– Y a un peu de ça, tu réponds.
– Tu devrais t'en méfier. Il a l'air dangereux.
– De toute façon, je compte pas rester ici.
– Tu sais, il répond, je me suis renseigné, il y a un lycée français à Barcelone. »
Ça achève de te convaincre que ta place est là-bas.
« Je vais leur écrire pour m'inscrire, tu répliques.
– Tu sais, il glisse, j'ai déjà ma piaule, là-bas. Et il y a une place pour toi si tu veux. »
Tu en as des frissons.
Vous traînez ensuite dans la crique. Il dessine sur le sable le mot « LIBERTAD » puis il te passe son bâton :
« À toi. »
Tu écris son prénom puis le tien, l'un à côté de l'autre. Une vague les efface. Il en rit. « Voilà, notre passage ici, il fait : des traces vite effacées. »
Quand tu rentres au meublé, tu découvres deux hommes, dont celui qui t'avait abordé dans la rue, devant l'immeuble. Celui que tu ne connais pas, un petit bonhomme bourré de tics nerveux, te lance en espagnol :
« Je suis Tommy, j'ai servi sous les ordres de ton père. J'ai déserté avec lui.

– Je me mêle pas de ses histoires, tu réponds en français. Je veux rien savoir.

– Il nous a confié de l'argent et des instructions pour toi.

– Il a qu'à les amener lui-même. »

Son visage se crispe. Il fait un signe à son acolyte et tu te retrouves soudain plaqué contre la porte, sa main serrant ton cou :

« À moi, on parle pas comme ça, petit merdeux, il lâche d'un air mauvais. À moi, on me respecte. »

Tu vois dans son regard une lueur de haine. Il serre les dents comme si la colère le recouvrait. Tu es si surpris que tu n'arrives pas à penser. Tu n'as même pas peur. Peut-être parce que tu es indifférent à tout ou que tu t'imagines intouchable.

Il te relâche. Tu arrives à reprendre tes esprits.

« Nous sommes là parce que ton père nous l'a demandé, intervient l'autre avec calme. Tu nous écoutes trois minutes et nous te laissons. »

Il semble vouloir faire la paix, ce qui, tu ne sais pas pourquoi, te pousse à tenter de reprendre le dessus.

« J'en ai rien à foutre, tu fais. Ni de vous, ni de vos histoires, ni des histoires de mon père. Rien à foutre. Cassez-moi la tête ou tirez-moi une balle, j'en ai rien à foutre. »

Là-dessus, tu te retournes, ouvres la porte, te précipites dans le couloir, refermes derrière toi et cours jusqu'à l'escalier qui monte à l'appart. Ils ne te suivent pas. Tu te réfugies dans le meublé, tires le verrou et te colles à la fenêtre pour les observer. Ils discutent en fumant puis s'éloignent.

Tu as peur de sortir alors tu passes le début de la soirée dans l'appart. Tu prends ensuite ton courage à deux mains pour rejoindre le *Granero*. Tu voudrais obtenir le soutien d'Attila et savoir s'il connaît les deux gars. Quand tu arrives, tu sens la méfiance dans son regard. Il t'accueille pourtant avec bienveillance. T'écoute, soulagé peut-être que tu n'évoques pas votre rencontre du déjeuner.

« Si je connais Tommy ? Tommy le Dingue ? Un peu que je le connais, » il lâche.

Il en parle comme d'un « psychopathe ». C'est un mot peu courant que tu ne comprends pas.

« Bah, il fait, disons qu'il se vante d'avoir zigouillé plus de cinq cents bonshommes. Ça fait quand même beaucoup surtout quand tu sais que quand il était dans l'armée il a tué personne. Si tu lui demandes, il t'explique, il a pas de problème avec ça. Comment le soir, après son boulot, il ressortait avec son flingue et, hop, il t'en descendait un. Au hasard, comme ça, pour peu que le gars ait la peau basanée... »

Tu as du mal à croire que ton père puisse t'envoyer ce type.

« C'est une question d'opportunité », réplique Attila.

Tu ne comprends pas ce qu'il veut dire.

« Ils ont combattu ensemble. Un officier comme ton père sait vite sur qui il peut compter. Après c'est à la vie à la mort. »

L'épisode te laisse un goût amer. Surtout il fait apparaître ton père sous un jour différent. Il est peut-être temps de le sortir du flou dans lequel tu le maintiens.

« Plus le temps va passer, ajoute Attila, et plus les défections vont se multiplier. Le résultat, c'est que ton père va être entouré que par les fanatiques, les dingues, les Tommy et consorts. »

Ça n'a pas l'air d'être sa tasse de thé.

Il dit :

« On a brûlé notre vie dans ce combat et on a perdu. C'est un fait. C'est douloureux mais c'est comme ça. »

Tu en retires l'envie de plus en plus vive de t'éloigner de ces gens et de quitter Palma. Tu parles à ta mère du lycée français de Barcelone et de la possibilité que tu étudies là-bas pendant qu'elle resterait à Majorque.

« Si on regarde, c'est le lycée le plus près où je puisse aller. Et puis il y a des bateaux toutes les semaines. On part d'ici le soir et on y est le matin. »

Elle ne commente pas sinon pour dire qu'elle ne se sent pas bien et qu'elle ne parle toujours pas un mot d'espagnol. Ce que tu traduis par : « Je ne peux pas rester seule ici. »

Plus tard, alors que, toujours cloîtrée dans sa chambre, elle t'appelle d'une voix faible, tu comprends qu'elle fera tout pour t'empêcher de partir. Elle te glisse :

« Tu sais, on n'a effectué aucune démarche administrative. Pour que tu puisses être inscrit au lycée, il faut déjà que ton père nous déclare à l'administration espagnole.

– T'es en train de me dire qu'on est nous aussi des clandestins ?

– On se cache pas, elle répond, mais aux yeux de l'administration, on n'existe pas vraiment.

– En réalité, on existe pour personne, tu répliques avec hargne. On est des fantômes. Quand on partira d'ici, personne s'en apercevra.

– J'aime autant ça plutôt que d'être pourchassée comme ton père, elle fait.

– Entre être une proie et un fantôme, il y a peut-être un intermédiaire », tu rétorques.

Elle ferme les yeux comme si la conversation l'avait épuisée.

« J'irai au consulat, tu lâches. Au moins qu'il sache qu'on existe, qu'au moins on ait un papier ou une preuve qu'on est là, une trace.

– Te fais pas d'illusions, elle réplique, je ne crois pas que le lycée français acceptera le fils de l'ennemi public n° 1. »

Tu revois Esteban la veille de son départ. Il te fait jurer de le rejoindre le plus vite possible à Barcelone, sans attendre l'inscription au lycée. Tu lui expliques la situation. Il veut que tu rencontres ses parents afin que, peut-être, ils interviennent pour convaincre ta mère de te laisser partir.

Mais le pedigree de ton père ? Il sourit.

« Tu sais, je crois qu'il est bien vu ici. Il est du même bord que Franco. Ils vont pas l'emmerder. Mon père dit qu'ils vont les embaucher, lui et les autres, dans l'armée ou la police. Ils adorent les types comme lui. »

Tu sens des reproches dans sa voix.

« Je sais pas pourquoi, tu fais, mais j'ai l'impression que je me suis toujours interdit de le juger. Et là, maintenant, je sais pas, je commence à me dire que c'est pas forcément un héros. À la fois, je me souviens de lui dans son bel uniforme, avec ses médailles pendues sur la poitrine... J'étais fier. De Gaulle l'a reçu dans sa maison de campagne, en privé. C'était la gloire. »

Esteban sourit.

« T'étais un enfant, c'est normal... Maintenant, de Gaulle ne veut plus le recevoir, je suppose.

– On l'accuse d'être l'organisateur de l'attentat qui a failli le tuer. »

Ça le laisse pensif.

« C'est une drôle d'histoire », il lâche simplement, comme indifférent.

Alors que vous vous promenez devant les bars, il te montre ton reflet dans les vitres. Tu lui souris. Il insiste.

« T'as remarqué le mec derrière ? Te retourne pas.

– Quel mec ?

– Un brun avec un blouson crème.

– Et ?

– Il nous suit, je suis sûr. Je l'ai déjà remarqué tout à l'heure. »

Tu te retournes et vois le type. Vos regards se croisent. Tu sais les reconnaître désormais, eux, tous, ceux du *Granero* et les autres. Ils ont l'air si français. Des visages pâles au milieu des

Indiens. Et toujours un blouson, un pantalon, des chaussures de ville à deux pas de la plage.

Un flic ou un camarade de combat de ton père ? Tu ne sais pas.

« Les flics ne ressemblent pas à ça, dit Esteban. Ils ont des costumes-cravates et des chemises. »

Vous convenez de vous séparer pour le semer. Esteban s'amuse à accélérer le pas et joue à se perdre dans les rues de Palma mais c'est toi que le type suit. Tu files au *Granero*. Le gars s'évanouit.

Tu en parles à Attila. Il fait la moue.

« C'est l'histoire avec Tommy qui te monte à la tête. Les enfants, tu sais, personne n'y touche. Il y a des choses qui ne se font pas sinon... c'est l'anarchie. »

Tu es sceptique.

« Et si les flics me suivaient ? Ils croient peut-être que je vais les amener à mon père ? »

Il n'est pas convaincu.

« Tu sais le problème c'est que tu deviens comme nous, comme moi, comme ton père. Parce que forcément quand tu vis comme ça aux aguets, tu deviens parano. Ton père lui, il dit que c'est ce qui le sauve. Il est tellement parano qu'il se méfie de tout et qu'il s'en tire toujours. Moi, tu vois, je crois juste que ça fait devenir fou. Tu deviens dingue, tu fais plus confiance à personne, t'en viens à soupçonner ta propre mère. Une fille te veut du bien, un type t'offre un verre, un ami te propose de l'aide ? Tu te dis "c'est louche". Et là c'est fini, t'as plus de vie ! »

Tu notes l'allusion à ton père. Sa disparition est-elle due au fait qu'il se méfie de tous, y compris de vous ?

Attila change de sujet et te présente un jeune lieutenant, Michel :

« Il est de passage, il est seul et il ne connaît personne. »

Tu n'as aucune envie d'échanger avec les amis ou les « clients » du *Granero* mais l'officier te raconte qu'il a connu ton père dans les paras.

« J'ai servi sous ses ordres. »

Tu te méfies. L'impression désormais qu'ils disent tous ça. Lui, pourtant, n'a pas la même attitude que les autres : plus sensible, moins vindicatif. De ton père, il veut garder le souvenir d'un homme courageux et droit.

« Il est resté fidèle à ses principes, il ne s'est jamais renié. »

Comme il sent ou devine que tu n'es pas fan de ce genre de sentences, il corrige :

« Je n'approuve pas ce qu'il fait mais on a connu ensemble des moments difficiles... »

L'émotion le gagne. Tu restes à distance. Pas question de partager ses sentiments ou de te laisser gagner par la sympathie, tu l'assimiles trop à ton père. Même mentalité, même attitude. Tu prends conscience que tu n'aimes pas ce que ton père est devenu.

« Vous savez, je suis son fils, pas son lieutenant, tu répliques. Je juge pas l'officier, je juge le père. Et franchement, je le condamnerais bien par contumace, moi aussi, parce qu'il a déserté le foyer familial comme le commando para. »

Tu ne sais pas pourquoi tu lâches ça. C'est sorti comme ça. Tu t'étonnes des reproches que tu viens de formuler. Est-ce que c'est ce que tu penses ?

L'officier ne réagit pas. Tu es incapable d'évaluer son âge. Entre vingt-cinq et trente, peut-être moins. Ses yeux clairs lui donnent un air d'enfant.

« Je ne sais pas trop ce que je vais devenir. Je ne veux pas me rendre mais je ne veux pas non plus poursuivre un combat qui n'a plus de sens. Les types comme ton père vont finir supplétifs dans la police politique de Franco ou de Salazar. Pour moi, ce serait toucher le fond. »

Tu ne sais pas quoi dire.

« Vous vous en êtes tirés, c'est déjà pas si mal, tu commentes pour meubler.

– Pour le moment, il fait, mais ce qui m'attend en France, c'est un peloton d'exécution. Et je ne peux pas vivre ailleurs qu'en France. »

Tu t'agaces de ses plaintes alors qu'il ne t'a même pas interrogé sur ta situation. Il est, comme les autres, obnubilé par sa guerre, persuadé d'être une victime de l'Histoire.

« Personne vous a forcé », tu répliques avec une pointe d'agressivité.

Il est surpris.

« Non, bien sûr, il fait, un peu dépité. Et alors ? C'est censé me faire accepter la situation ? Ça fait près d'un an que je ne suis pas rentré chez moi, à Bayonne... Dix mois exactement que je n'ai pas vu ma mère ni la femme que j'aime et avec qui je devais faire ma vie... »

Il a les larmes aux yeux. Tu éprouves un vague sentiment de pitié. L'idée te vient de le consoler avec des mots apaisants mais tu lâches simplement :

« Vous, au moins, vous avez un chez-vous et quelqu'un à aimer. »

Ça le laisse sans réaction. Tu finis par t'échapper.

Quand tu rentres au meublé, tu es décidé à pousser ta mère à partir sans attendre ton père. Ou à partir sans elle.

Elle semble de plus en plus affaiblie. Tu lui glisses calmement que ce qui la rend malade est cette attente inutile. Elle ne vit plus avec ton père depuis plus de dix ans, elle n'a aucune raison de souffrir de son absence ou d'attendre sa venue. Là-bas, elle se débrouillait seule et n'avait pas besoin de ses visites. Il passait peu. Il ne faisait pas partie de votre vie.

« Tu es un fils ingrat, elle répond. Il venait te voir si souvent ! Sans compter qu'il a toujours payé pour toi.

– Nous, on a pas fini de payer pour ses conneries, tu rétorques. Ça va nous suivre partout. »

Elle ferme les yeux, fait mine de s'endormir. Tu la laisses et en quittant la chambre, tu lui lances simplement :

« Il reviendra pas, Maman. Il sait qu'on est surveillés et il veut pas prendre de risque. Tant qu'on restera là, on le reverra pas. »

Au moment où tu sors, elle dit :

« Il va revenir parce qu'il me l'a dit. Il a toujours tenu ses engagements.

– Ses engagements ? Il avait pas promis de t'aimer et d'être fidèle jusqu'à ce que la mort vous sépare ? C'est pas ça, le mariage ? »

Elle ne répond rien mais en fermant la porte tu l'entends murmurer pour elle-même :

« On avait vingt ans... »

Tu vas, une fois de plus, lui faire les courses même si elle ne mange quasiment rien. Puis tu lui prépares une assiette que tu laisses sur sa table de nuit. Tu ne sais pas si elle dort ou si elle feint, tu t'en vas rejoindre Esteban.

C'est votre dernière soirée. Tu appréhendes son absence. Tu le lui dis. Sans lui, tu vas te retrouver seul face à tes problèmes. Une merde noire. Tu n'as pas un rond, ta mère est au fond du trou, tu n'as aucune perspective. Ton père ne reviendra pas.

Il te répète :

« Reste pas ici, rejoins-moi à Barcelone. Je dirai à mes parents de veiller sur ta mère. »

Il propose de t'aider à payer ton billet.

« C'est pas possible, je peux pas laisser ma mère », tu réponds.

Tu cherches une solution. Pas envie de te sacrifier pour elle. Tu dois la convaincre de se reprendre et d'accepter de changer de lieu. Il faut qu'elle se mette dans la tête que ton père a autre chose à faire que lui rendre visite.

« Je vais déjà essayer de faire venir un médecin. Elle a besoin de cachets pour refaire surface. »

Il te propose d'envoyer le sien, un ami de ses parents.

« Est-ce que ça coûte cher ? tu es obligé de lui demander.

– On s'arrangera, c'est rien », il répond sans s'appesantir. Il connaît ta situation. Tu le soupçonnes de fuir les bars et les soirées onéreuses pour t'éviter tout embarras.

Vos adieux ont lieu le lendemain. Tu l'accompagnes jusqu'au bateau. Il te serre dans ses bras.

« On se retrouve à Barcelone, il te souffle. Sois fort, ça va aller. »

Tu restes planté sur le quai, devant le ferry qui grogne, la foule qui monte et lui qui se retourne pour un dernier au revoir, souriant, serein, confiant.

Tu erres longtemps dans Palma, désespéré, avant d'échouer au *Granero* où tu bois un Coca gratis. Il est tôt, il n'y a presque personne. Attila s'assoit en face de toi. Il désigne les deux types à l'opposé : l'un est le frère d'un légionnaire fusillé en juin dont tu n'as pas retenu le nom.

Tu lui demandes :

« On a fusillé beaucoup de types ? »

Ça le prend au dépourvu.

« Tu t'intéresses pas du tout à tout ça ? il demande.

– J'ai pas de quoi acheter les journaux et on n'a pas la radio, tu rétorques. Du coup, les informations me parviennent pas beaucoup.

– C'est bien, il lâche avec ironie, ça t'évite de te faire du souci. Tu vis dans un monde formidable où même Marilyn est encore en vie.

– Ils vont en fusiller d'autres ? tu demandes.

– Probablement. Si tu veux savoir s'ils fusilleront ton père s'ils le prennent, eh bien, la réponse est : c'est pas exclu. Et si j'étais à sa place, moi, ce que je ferais, c'est de négocier. Plutôt que de fuir en permanence, je négocierais ma reddition contre la vie sauve, voilà ce que je ferais, c'est ce que ton père devrait faire. Ils n'attendent que ça. Ils sont prêts à négocier avec lui. S'il accepte de déposer les armes, pas mal de gens en feront autant. C'est là-dessus qu'ils comptent. Alors ils sont prêts à faire des concessions. Si tu le vois, dis-le-lui. Il ne faut pas qu'il s'obstine à faire le desperado. Il est jeune, il restera quelques années en exil et après, basta, il pourra rentrer en France... Dis-le-lui, hein ? Dis-le-lui. »

Ça te laisse sans réaction. Tu as la sensation qu'il te croit en relation avec ton père malgré tout ce que tu lui as dit. L'impression aussi qu'il joue les intermédiaires. Est-ce que ces types avec qui il déjeunait sont des flics chargés de négocier avec le Capitaine ?

Tu ne sais pas quoi penser ou dire. Ton père pourrait s'en tirer sans trop de dommages ? Bizarrement, tu ne te sens pas concerné. C'est son histoire, tu ne veux pas t'en mêler. Tu as bien assez de t'occuper de ta mère.

« Je vous l'ai dit, il donne plus signe de vie, tu lâches après un long silence.

– Je sais, il réplique comme s'il s'attendait à ta remarque, mais si tu parles à ceux qu'il a envoyés jusqu'à toi ? Que tu leur dis que ta mère est pas bien du tout et que toi, tu dois aller au lycée ? Enfin, ta situation, la vérité...

– Mais je sais pas où ils sont passés.

– Moi, je sais, il répond. De toute façon, ils sont pas du genre à capituler parce qu'un gamin leur a claqué la porte au nez. Ils sont passés ici. Reviens ce soir, je leur dirai que t'es dans de meilleures dispositions. »

Tu es inquiet et à la fois soulagé parce qu'il ne te reste que cinq cents pesetas et que les gars sont censés apporter de l'argent. C'est du moins ce qu'ils t'ont dit. Tu as aussi acquis la certitude que la situation ne pourra s'arranger qu'avec le soutien de ton père. Lui arrivera à convaincre ta mère de partir ou de te laisser t'installer à Barcelone. Tu regrettes finalement d'avoir fui Tommy et son acolyte. Tu as réagi comme un enfant. Il faut que tu fasses preuve de plus de maturité. Tu n'es plus un gamin à la charge de sa famille, tu es un jeune homme contraint de s'occuper de sa mère.

Le médecin passe en début d'après-midi. Il la trouve affaiblie. Elle n'est pas à proprement parler malade mais « souffre d'une grave mélancolie ». Il faut qu'elle se nourrisse, qu'elle sorte, qu'elle recommence à vivre. Il lui donne des médicaments qui doivent la « stimuler ».

Il te demande si elle a de la famille quelque part qui puisse s'occuper d'elle.

« Elle a besoin d'être entourée. »

Tu décides d'écrire à ta tante en Italie en lui rapportant les propos du médecin. Tu entrevois enfin une issue : ta mère va partir dans sa famille. Tu écris en même temps au lycée français de Barcelone en expliquant ta situation.

Tu passes l'après-midi à traîner. Le ciel se couvre. Esteban est parti. Tu es déprimé et triste. La saison se termine, les devantures des magasins se ferment, les terrasses se vident. Le temps gris précipite les départs. Le long de la jetée, tu ne croises que quelques vieux autochtones promenant leur chien. Ils ont enfilé leur imper.

Tu as l'impression d'avoir loupé le dernier bateau.

Au *Granero*, Attila joue les entremetteurs entre Tommy, son acolyte et toi. Ambiance tendue. Tu t'excuses mollement de ton attitude, Tommy n'ouvre pas la bouche. L'autre type prend la parole. C'est un mélange de militaire et de curé. Tu devines l'officier qui a combattu avec ton père, strict et dur. Il est plus âgé et plus austère. Il t'explique la stratégie du Capitaine : pas de trace, pas d'adresse, pas de document susceptible d'être intercepté, il doit redoubler de prudence. Il ne peut plus écrire à ta mère mais il a reçu des lettres d'elle. Il a compris qu'elle n'allait pas bien et compte sur toi pour « reprendre en main la situation. »

Il a rédigé, malgré tout, une page d'instructions à ton intention.

« J'avais ordre de l'avaler au moindre problème », affirme le type.

À l'entendre, des hordes de flics sont à leur recherche. Tu te retiens de lui rappeler que les policiers français ne peuvent pas agir en Espagne. Quant à ceux de Franco, ils le protègent, lui et ses petits camarades.

Tommy sort alors de son silence pour te recommander d'être prudent, de te méfier de tout le monde, de ne « jamais accepter d'être emmené quelque part. »

Son acolyte te remet la lettre de ton père en te faisant promettre de l'apprendre puis de la détruire. Et mille francs contre un papier que tu signes.

« Je croyais qu'il fallait pas de trace, tu lui glisses.

– Je ne veux pas qu'on puisse dire que j'ai mis un centime dans ma poche », il répond, froid et raide.

Ensuite Tommy reprend la parole pour dire que ton père t'interdit de te mêler de combat et de politique, « et tout ça ».

« Il veut que tu travailles bien à l'école, il ajoute avec son air agressif. Et tu t'occupes pas du reste. »

Ça sonne comme un testament ou comme d'ultimes recommandations à la veille d'un très long voyage. Le Capitaine n'est pas près de réapparaître.

« Il faut que vous lui disiez que ma mère va pas bien du tout, tu rétorques, et que je peux pas m'en occuper. Il faut absolument qu'il m'aide. Moi, je dois rentrer au lycée, je dois suivre mes études. Je peux pas rester là. Il faut qu'il me dise quoi faire, moi je sais plus. Elle est malade, elle a besoin d'aide, elle peut pas rester toute seule. »

Ils semblent surpris et ne savent pas comment réagir. Ils te font l'effet de deux malfrats venus pour faire un casse et qui se retrouvent à garder les enfants du patron. Tu ne comprends décidément pas pourquoi ton père t'a envoyé ces deux types. Question d'opportunité, a dit Attila.

« On va passer la voir, lâche finalement Tommy, et on rendra compte au Capitaine. »

Vous vous retrouvez à l'appart alors que ta mère, toute lumière éteinte, comate dans sa chambre. Elle ne lit même plus. Elle passe ses journées allongée dans la pénombre.

Tu essaies de la réveiller en la prévenant que deux compagnons de ton père sont là et voudraient lui parler.

Elle ouvre les yeux, t'observe puis lâche, déphasée :

« Il a été tué ?

– Mais non ! Ils veulent juste te dire bonjour et te donner des nouvelles de lui.

– Alors il ne reviendra pas, c'est ça ?

– Écoute... Le mieux, c'est de leur demander.

– Je ne vais pas me lever pour des sous-fifres, elle réplique avec dédain. Je suis trop fatiguée. Qu'ils aillent le lui dire.

– T'as qu'à leur dire toi-même », tu réponds. Puis tu vas chercher Tommy et son acolyte qui patientent au salon.

Ils paraissent gênés de pénétrer dans la chambre alors qu'elle est couchée. Elle a fermé les yeux et ne les rouvre pas. Ils lui disent bonjour, elle ne répond pas.

L'acolyte de Tommy demande :

« Avez-vous un message à faire passer au Capitaine ?

– Dites-lui de veiller sur son fils », elle lâche dans un souffle. On croirait une agonisante. Tu ne sais pas si elle en rajoute ou si elle pense réellement être à l'article de la mort. Les deux brutes sont impressionnées et n'insistent pas.

« On va voir ce qu'on peut faire, dit Tommy en sortant.

– Vous n'avez pas de famille ? demande l'autre. Ta mère n'a pas quelqu'un qui pourrait s'occuper d'elle ?
– Non, tu réponds. C'était mon père jusqu'à présent qui la soutenait.
– Vraiment ? Et sa famille ? il insiste.
– Elle est en Italie. Je leur ai écrit mais ça va être long. Mon père peut vraiment pas se déplacer ?
– Il est loin, il est très pris, il est pourchassé et puis, fait Tommy, on va pas se mentir, il a pas que ta mère à s'occuper. Il est plus avec elle depuis quand ? Des années et des années, non ? Il en a marié d'autres depuis. »
Tu préfères ne pas discuter avec ces deux brutes et tu leur redis simplement de transmettre le message à ton père.
« Nous sommes venus pour ça », répète le gars.
Tu es soulagé de les voir partir. Tu lis le mot de ton père. C'est une liste de recommandations pratiques dépourvues de sentiments. Il a ouvert un compte dans une banque espagnole où il a mis de l'argent qu'il faut que tu réclames « s'il lui arrive quelque chose ». Il t'explique ensuite que le type qui t'a remis la lettre est son « délégué » à Palma et qu'il reprendra contact avec toi « prochainement ».
« Il pourra te fournir aide et soutien (financier) en cas de besoin, et uniquement en cas de besoin. C'est la seule personne qui est autorisée à agir en mon nom. Il a toute ma confiance. »
Il n'évoque pas ton avenir. Seules importent la situation immédiate et la survie : comment faire au cas où, qui contacter, où trouver de l'argent ? Tu as l'impression qu'il t'associe à sa lutte, comme si tu étais, toi aussi, dans la clandestinité et que l'urgence consistait à échapper à ceux qui vous pourchassent.
« Retiens les éléments par cœur et détruis la lettre. »
Tu recopies les « éléments » dans un cahier d'écolier et brûles ensuite sa missive.

Tu regardes le papier se consumer dans le cendrier. Et regrettes de l'avoir détruit. Il te vient l'envie de tout garder, de tout noter. Garder des traces, rapporter chaque détail de cette histoire : l'exil, Palma, ton père. Esteban. Tu écris pendant plusieurs heures sans t'arrêter puis, vide et déphasé, tu sors un moment.

Désormais, tu as de quoi payer le bateau pour Barcelone. Tu vas aller chez Esteban. Tu laisseras le reste des mille francs à ta mère. Il faut juste qu'elle retrouve un peu d'énergie, que les cachets du médecin fassent effet.

Tu erres dans Palma. La pluie s'installe et lessive les plages. Elle renforce ton impression d'être de plus en plus seul dans une ville de plus en plus déserte.

17 + 3

Octobre est là. Tu n'as pas reçu de réponses du lycée de Barcelone ni de ta famille d'Italie. Tu tournes en rond et crois devenir fou.

Tu es abordé, un matin, par le type qui vous suivait, Esteban et toi, dans les rues de Palma. Il veut te parler et te donne rendez-vous un quart d'heure plus tard dans un bar de la ville que tu ne connais pas. Tu hésites. Qu'est-ce qu'il peut te vouloir ? Il ne s'est pas présenté. Sous son blouson, tu as cru deviner la forme d'une arme. Tu te demandes si ce n'est pas un des gars avec lesquels déjeunait Attila dans la petite crique où t'avait emmené Esteban. Tu l'espères. À tout prendre, mieux vaut un flic qu'un des acolytes de ton père - un autre « psychopathe » à la Tommy le Dingue. Est-ce qu'un flic agirait comme ça ? Te suivre puis t'aborder pour te fixer un rendez-vous sans autre précision dans un troquet du centre ? Une boule te serre le ventre. Ton instinct te souffle que c'est un piège. Tu essaies de garder ton calme. Il faut réfléchir, raisonner, soupeser. Est-ce que les ennemis de ton père pourraient s'en prendre à toi ? Attila t'a assuré que non. Il est peu probable qu'il se trompe. Alors qui ? Tu as une pensée pour Esteban : lui saurait te conseiller. Mais tu es seul et tu as moins d'un quart d'heure pour prendre une décision. Tu fais le point sur ta situation : cela fait trop longtemps que tu stagnes sur cette île. Réussir à en sortir passe peut-être par une prise de risque. Mieux vaut crever que de rester là, indéfiniment, à tourner en rond. Tu vas au rendez-vous.

Quand tu le retrouves au bar, le type te demande de le suivre à distance. L'angoisse monte d'un cran. Tu l'observes, lui, sa silhouette, sa démarche, ses gestes. Un flic, ou un tueur. Tu scrutes la rue, aux aguets, pressentant le danger, attentif aux passants, au mouvement des voitures, au moindre détail, imaginant à tout instant un itinéraire pour ta fuite. Vous marchez un moment puis, soudain, le type s'arrête sous un porche, en retrait. Voilà, tu y es. Le piège. Tu paniques. Le gars a compris et lève les bras en l'air avec un sourire apaisant puis il écarte les pans de son blouson pour te montrer qu'il ne porte pas d'arme. Il te lance :

« Il n'y a pas de piège. Je veux juste qu'on ne nous voie pas ensemble. Il ne faudrait pas que tu aies des ennuis à cause de moi. »

Il te dit :

« J'ai peu de temps. Je suis envoyé par des gens qui veulent traiter avec ton père. Ton père est un meneur et une figure du combat. S'il renonce à la lutte armée, beaucoup feront de même. »

Tu écoutes sans réagir. Attila t'a prévenu, tu n'es pas surpris mais tu ne sais pas quoi dire.

« Il a beaucoup de poids dans l'Organisation. C'est à la fois un combattant et un chef. Il a beaucoup d'influence, il insiste. C'est à double tranchant. S'il refuse, il sera jugé au regard de cette influence. Il sera considéré comme responsable de chaque action de l'Organisation. Ça représente beaucoup de crimes. »

Il parle d'une voix calme. Tu sens qu'il fait des efforts pour être clair et concis. Il s'adresse à un ado qu'il faut traiter comme un adulte.

« Je connais beaucoup de ces soldats, j'ai été en Algérie. Ce sont, comme ton père, des hommes de devoir et de sacrifice. Leur cœur est pur mais ils se sont égarés dans un combat sans issue. C'est leur rendre service de leur faire poser les armes. Il faut les sauver d'eux-mêmes et il faut sauver ceux à qui ils pourraient s'en prendre. Tu peux nous aider à faire ça.

– J'ai dix-sept ans, tu rétorques.

– Je sais, il répond. Je sais aussi que tu es un garçon intelligent et responsable. On ne te demande pas de faire quelque chose de dangereux ou de difficile. C'est le gouvernement qui m'envoie et le gouvernement refuse de faire courir le moindre risque à un mineur de ton âge. Il ne s'agit pas de ça. On a juste besoin de nouer contact avec ton père. On veut lui proposer une offre. Il n'est pas obligé de l'accepter. S'il refuse, nous le laisserons partir. Pour ça, on a besoin de toi parce qu'on ne parvient pas à l'approcher.

– Je n'ai pas confiance dans votre gouvernement, tu lâches sans le penser vraiment. Mon père dit que de Gaulle l'a trahi.

– Il s'est senti trahi parce qu'on lui a demandé de mener un combat au péril de sa vie et qu'ensuite on lui a dit que ce combat n'était pas le bon. Il n'a pas compris mais il faut que tu comprennes, toi, que le militaire ne décide pas la politique. Il obéit. Si chaque officier décidait de n'obéir que quand la politique lui convient, ce serait l'anarchie et le chaos. Les chefs décident, les hommes obtempèrent. Leurs opinions, ils l'expriment par le vote.

– Je sais tout ça », tu lâches.

Tu n'as jamais réfléchi aux événements. La politique est restée à distance ; peut-être pour prendre le contre-pied de ton père. Tu te souviens de ses discours acerbes, son exaltation, sa tendance à placer ses engagements avant tout. Il disait :

« Quand on risque sa vie, il vaut mieux savoir pour quoi. »

Tu as appris plus tard qu'il avait soutenu de Gaulle dès 1957 afin de l'aider à revenir au pouvoir. Il lui avait apporté le soutien de son commando para. Ils étaient, lui et ses hommes, prêts à sauter sur Paris si l'Assemblée refusait de rappeler l'homme du 18 Juin.

De Gaulle l'avait reçu à Colombey. Il lui avait demandé :

« Êtes-vous prêt à me suivre ? »

Ton père avait répondu :

« Oui, mon général. »

L'un et l'autre savaient ce que ce « prêt à me suivre » signifiait. Et l'un et l'autre savaient ce que ce simple « oui » impliquait.

Le Capitaine n'a pas sauté sur Paris mais l'idée qu'il était prêt à le faire a été un élément déterminant dans le retour du général de Gaulle en mai 1958.

Là ont commencé ses ennuis.

« Il s'est pris pour un faiseur de rois », disait ta mère.

Et quand le roi n'a plus répondu aux souhaits de ton père, ton père a cru pouvoir défaire le roi.

L'émissaire du gouvernement se tait. Il t'offre une cigarette. Il veut te montrer qu'il te considère comme un adulte. Il te dit :

« Je m'appelle Paul. »

« Tu sais, il reprend, il fera ce qu'il aura envie de faire. Il prendra la décision qu'il aura envie de prendre mais pour qu'il puisse la prendre, il faut qu'il soit informé de ce que le gouvernement propose. Je crois qu'il y a beaucoup de gens autour de lui qui veulent prendre la décision à sa place et qui, du coup, font tout pour l'empêcher de nous rencontrer. C'est à lui, et à lui seul de décider. C'est pour ça qu'il est primordial qu'il puisse avoir notre offre. »

Tu réfléchis un moment. Pour la première fois, tu prends véritablement la mesure de ce qu'est devenu ton père. Un émissaire du gouvernement chargé de négocier avec lui est venu jusqu'à toi. Toi, tu as dix-sept ans et des idées confuses.

« Je suis pas spécialement de son côté, tu fais. Je crois même que je suis dans le camp opposé mais ce que je voudrais, voilà, c'est que... enfin, je suis son fils, quoi, je suis pas dans son organisation et j'ai pas envie qu'on me confonde avec lui. Vous et puis lui, aussi, et tous ces types, là, j'ai l'impression que vous croyez que je participe au combat, que je suis là-dedans. Mais non ! Moi, au contraire, je veux pas être mêlé à tout ça. Moi, je veux juste reprendre le lycée, je veux juste être un lycéen normal. Je veux pas avoir un nom qui fait peur à tout le monde. Vous comprenez ? Vos histoires, là, c'est très bien. Ouais, qu'il dépose les armes, OK. Mais c'est pas mon problème, c'est le sien, c'est le vôtre, c'est celui du gouvernement, mais moi, franchement, ça me concerne pas ! »

Il opine, adossé au mur, face à toi. Il abonde dans ton sens :

« Bien sûr tu as raison. Tu n'as pas à t'impliquer ni même à prendre parti. On ne te confond pas avec lui. Tu as dix-sept ans, tu n'es pas encore adulte, on en a bien conscience. »

Oui, mais en aidant le gouvernement à localiser le Capitaine, tu peux avoir une influence sur le cours des événements. Arrêter des combats inutiles et fratricides, éviter la mort d'innocentes victimes, sauver ton père du peloton d'exécution.

« Si je comprends bien, tu rétorques, soit je fais ce que vous me dites et je sauve le monde, soit je suis le dernier des salauds. »

Il sourit.

« On m'avait prévenu que tu étais un garçon intelligent. »

Il tire sur sa cigarette, attend un moment puis ajoute :

« Oui, je pense qu'il y a d'un côté des bons et d'un côté des salauds. Si je ne le pensais pas, je ne serais pas là. Et je ne suis pas seul à le penser. Que tu le veuilles ou non, il y a d'un côté les républicains qui défendent les libertés, de l'autre des factieux extrémistes qui tuent des innocents et combattent la démocratie. »

Il a pris un ton ferme pour lâcher sa dernière phrase puis, après un moment de silence calculé, il glisse :

« On a juste besoin que tu nous préviennes lorsque tu verras ton père. »

Tu réfléchis. Tu voudrais avoir les idées claires. Être, toi aussi, précis et ferme.

« J'ai besoin de reprendre le lycée et je n'ai pas eu de nouvelles du lycée français de Barcelone où je devrais être inscrit... Et ma mère a besoin d'être rapatriée dans sa famille, en Italie. Vous devez vous engager à m'aider parce que si mon père apprend que j'ai collaboré avec vous, il me laissera crever de faim. »

Il écrase sa cigarette et se redresse :

« Le gouvernement prendra en charge tes études et nous ferons ce qu'il est possible pour ta mère. Tu as ma parole. »

Tu le notes sans le croire.

« C'est-à-dire... pour l'instant, il faudrait déjà que je sois inscrit au lycée mais il faudrait pas qu'il se doute de quelque chose. »

Il esquisse un sourire.

« Ne t'inquiète pas, ce genre de chose fait partie de mon métier. Et si je ne le faisais pas bien le gouvernement aurait envoyé quelqu'un d'autre. Ton père n'en saura rien. D'ailleurs, le lycée va juste répondre à ta demande et ta mère, être prise en charge par sa propre famille. Nous n'aurons rien à voir là-dedans », il conclut en t'adressant un clin d'œil.

Il te donne rendez-vous le lendemain au bar où vous vous êtes vus. Si le Capitaine se manifeste, tu as ordre de suivre le protocole suivant : te rendre au tabac en bas de l'immeuble et réclamer en français « un cigare de La Havane offert par monsieur Castro » puis, un quart d'heure plus tard, récupérer un courrier dans la boîte aux lettres.

« Tu trouveras une enveloppe que tu lui remettras en main propre. C'est tout. »

En partant, il te répète :
« N'oublie pas que nous n'allons pas l'arrêter mais lui proposer un marché qu'il sera libre d'accepter ou de refuser. »
En rentrant à l'appart, tu passes de l'euphorie que fait naître la perspective de partir à Barcelone au malaise que te laisse le sentiment de trahir ton père. La certitude qu'il ne repassera jamais par Majorque te rassure. Pour la première fois, tu es soulagé qu'il t'ait abandonné.
À l'appartement, une lettre t'attend. C'est la première que tu reçois depuis que tu es à Palma. Esteban t'a écrit. En découvrant l'enveloppe, tu mesures la place qu'il a prise dans ta vie. Tu en tires un vague sentiment de honte. Il suffirait peut-être d'une fille pour te le faire oublier... mais il n'y a pas de fille. Kika et les amies d'Esteban ont disparu en même temps que lui, parties à Valence, à Barcelone ou à Madrid. Toute la jeunesse dorée entrevue durant l'été a foutu le camp en septembre. Il ne te reste que le souvenir de quelques visages et de quelques corps.
La lettre d'Esteban est pleine de légèreté. Tu remarques qu'il a inséré quelques mots français au milieu de sa prose en espagnol.
« Pour te prouver que je continue à travailler ta langue... Note-les et dis-moi s'ils sont corrects ! »
Tu souris mais quand tu les notes, tu t'aperçois que, lus ensemble, ils ont un sens. « Deux Français Sont Venus Chez Moi Pour Demander Si Toi Venir Habiter Ici ». Tu lis et relis, sidéré.
Une crainte diffuse t'envahit. La sensation d'être pris dans les mailles d'un filet qui se resserre peu à peu. Tu repenses à l'entrevue avec Paul. Cette idée qu'il suffit que tu descendes au tabac pour que quelqu'un rapplique dans les cinq minutes. Tu es surveillé et suivi, ton courrier est sûrement lu, ton ami est « visité » par des inconnus qui lui parlent de toi, ton père t'envoie des messagers qui t'interceptent dans la rue.

Tu en viens à te demander si tu n'es pas épié et par la police et par les hommes de l'Organisation.

Tu réfléchis à ce que tu dois répondre à Esteban. Tu vas utiliser son code. L'idée de partager ça avec lui te remplit d'un bonheur amusé. Mais que lui dire ? Que ton départ pour Barcelone est en bonne voie ? Et si c'est un piège ? Pourquoi des types lui ont demandé si tu allais le rejoindre ? Et qui sont ces types ? Tu as peur soudain de le mettre en danger.

Tu respires mal et restes prostré un moment. La sensation de t'enfoncer dans la vase. Jamais tu ne te sortiras de cette histoire, de cette ville, de cet appartement.

La chambre de ta mère est silencieuse.

Penser à elle t'accable un peu plus. Elle n'est plus qu'un fantôme que tu ne fais qu'entrapercevoir. Tu découvres pourtant une enveloppe laissée sur la table à ton attention. Tu l'ouvres, intrigué.

Elle contient un billet aller-retour pour Barcelone avec ce mot :

« Pour mon fils aimé qui n'a pas la vie facile. »

C'est une surprise de plus.

Ta mère est sortie ? Tu ne parviens pas à le croire et cherches par quel moyen elle a pu se procurer le ticket. Et pourquoi est-ce qu'elle a changé d'avis ?

Tu scrutes le mot, pas de doute : c'est bien son écriture. A-t-elle reçu la visite du « délégué » de ton père ?

Tu te souviens des propos d'Attila :

« Tu finis par douter de ta propre mère. »

Tu frappes à la porte de sa chambre, elle ne répond pas. Tu passes une tête : elle dort, recroquevillée sur son lit, le visage crispé.

Après une nuit d'interrogations et une journée d'angoisses, tu revois Paul. Tu le suis dans une rue déserte. Ses précautions renforcent ta sensation de flirter avec le danger et la mort.

L'entrevue est brève. Il te dit qu'il a tout mis en place et que tu vas rapidement recevoir des nouvelles du lycée français et de ta famille italienne. Tu lui demandes s'il a envoyé des hommes chez toi pour convaincre ta mère.

« Chez toi ? Non, je t'aurais prévenu. »

Alors chez Esteban à Barcelone ?

« Esteban ? Je ne vois pas. »

Une fois de plus, tu ne sais que penser. Ça accentue cette peur qui ne te lâche plus. Tu ne te sens plus en sécurité nulle part ni avec personne. Paul te fixe un nouveau rendez-vous deux jours plus tard pour « faire le point ».

« Il est probable que ton père se manifestera d'une manière ou d'une autre avant de venir te voir. Il faut que tu me tiennes informé précisément. »

Le lendemain arrive un télégramme du lycée français de Barcelone. « Inscription acceptée, courrier suit pour formalités. » Tu es autant heureux qu'inquiet. Dans quel piège es-tu en train de te fourrer ? Tu essaies de parler à ta mère. Elle ne va pas mieux. Elle te glisse que les médicaments ne feront pas effet avant plusieurs semaines.

Une journée de pluie passe. Tu traînes longtemps dans les rues vides. Dans la boîte aux lettres, un courrier de Sofia Vesiani. Elle a eu ton adresse en écrivant à ta tante en Italie. Elle se souvenait d'elle et du nom du hameau. Il l'avait marquée : Pontelagoscuro, « le pont du lac obscur ». Elle regrette de te savoir loin. Dit qu'elle n'aime pas « ce destin qui (vous) a séparés ». Ses mots sont pleins de nostalgie amère et de mélancolie. Elle habite dans la région parisienne où son père a été nommé et elle se languit de la mer, du soleil et de toi. Sa cousine Margot vit à Valence alors elle espère convaincre ses parents de passer les fêtes de Noël en Espagne. « On pourrait essayer de se voir. Je serais tellement heureuse. » Elle te glisse que Margot est, « elle aussi », la fille d'un « condamné ». « Il est recherché par la police et s'il remet les pieds en France, il sera arrêté. » Elle évoque quelques copines dont elle a, comme toi, perdu la trace. « Nous sommes tous disséminés à travers l'espace comme des pétales de marguerites dispersés à travers champs par un vent mauvais. » Elle te donne son adresse et son numéro de téléphone.

Ses mots, au lieu de t'apaiser, t'énervent. Le tableau de la famille Vesiani, unie et heureuse, te dégoûte. L'amertume plaintive de Sofia te fait enrager. Alors quoi ? Elle ne mesure pas la chance qu'elle a d'avoir un père « normal », un univers défini, un avenir clair ?

Tu exploses tout à coup de rage et d'amertume, tapes des poings contre le mur du salon.

Ne plus être le fils du paria, piégé, comme un rat, à Palma de Majorque.

Ta main est en sang.

Dans la nuit, la colère passée, tu relis la lettre et tu sens renaître le désir. Le souvenir de Sofia te remplit d'une nostalgie sensuelle. Son visage sombre, ses longs cheveux, ses jambes trop fines et tous les sentiments que son corps provoquait en toi. Tu voudrais redevenir le gentil amoureux transi que tu étais, cet ado qui s'imprégnait de la tendresse de la fille aux yeux noirs. Tu es ému, aussi, que quelqu'un se soucie encore de toi et te donne l'impression que le monde d'autrefois n'est pas complètement englouti.

Tu vous revois. Toi, assis sur la selle de ton vélo, rue d'Isly, elle, la main sur ton épaule. Atmosphère douce. Tu as quinze ans. Tu la raccompagnes chez elle depuis la sortie du lycée. Il fait beau. Une bombe explose dans le bar en face. Vous sentez le souffle de la déflagration sur vos joues. Des gouttes de sang tombent sur vous comme une averse fine et passagère. La robe crème de Sofia se couvre de taches écarlates. Sur sa pommette droite vient se coller un morceau de quelque chose visqueux et saignant que tu ne parviens pas à identifier. Tu as le côté gauche du visage strié de bouts de verre. Vous restez, là, un moment, figés, puis les cris et les bousculades vous ramènent à la vie. Des gens hurlent, une femme près de vous appelle à l'aide, une petite fille au visage ensanglanté court devant vous. Tu aides Sofia à monter sur ton vélo et vous fuyez, sans un mot, à toute vitesse, par la rue du Coq. Tu apprendras plus tard qu'il y a eu trois morts et vingt-sept blessés. Sofia et toi n'en avez jamais parlé.

Tommy le Dingue passe te voir au meublé. Tu le tiens à distance sur le seuil de la porte. Il vient de la part de Guérin-Sérac.

« Guérin-Quoi ? C'est qui ça ?

– C'est mon collègue, celui qui était avec moi. C'est le délégué de ton père. »

Il veut te voir mais préfère éviter le *Granero*. T'attend dans un troquet du front de mer. Assis face à lui, à nouveau, tu essaies de le percer. Il est froid et fermé. Il te fait penser à ces curés austères qui enseignaient chez les Jésuites de Notre-Dame-d'Afrique et que tu croisais parfois à Saint-Eugène.

Il te parle sans préambule. Chaque phrase contient une information. Ton père vous a finalement trouvé un appartement à Perpignan.

« Perpignan ? Pourquoi Perpignan ?

– La France est la meilleure solution. Vous bénéficierez là-bas d'aides et de secours afin de pouvoir vous retourner. »

Tu ne comprends pas.

« Mais je croyais qu'il était d'accord pour Barcelone. Il a fait acheter à ma mère un billet pour Barcelone.

– Il vaut mieux aller en France, il rétorque. Vous n'avez rien à faire en Espagne et ta mère pourra se remettre à travailler plus facilement. »

Tu dis :

« Travailler ? Elle est pas en état ! Il faut que quelqu'un s'en occupe. »

Il répond :

« C'est ton devoir de le faire.

– Mais je dois aller au lycée... Elle peut pas rester seule. »

Tu dramatises parce que tu ne veux pas aller à Perpignan.

« De toute façon, tu lui glisses, je me suis inscrit au lycée français de Barcelone et j'ai pris contact avec ma tante pour qu'elle prenne en charge ma mère. C'est la meilleure solution. Ma mère est d'accord. Elle m'a acheté le billet. Je pige mal pourquoi il a changé d'avis. De toute façon, il a pas à décider. Ils sont plus mariés depuis longtemps. »

Il se tait sans laisser apparaître sur son visage la moindre expression. Tu penses qu'il se fout de tes problèmes. Il te fait l'effet d'un fonctionnaire remplissant des formalités qui ne le concernent pas.

Il reprend la parole pour te dire avec calme mais fermeté :

« Tu lui as demandé de trouver une solution pour ta mère et toi. Pourquoi l'avoir sollicité si c'est pour la refuser ?

– C'est quoi sa solution ? Que je m'occupe de ma mère ? Mais c'est justement parce que je peux pas le faire que je lui ai demandé de l'aide ! C'est tout sauf une solution. »

Il dit : « Je ne peux pas te parler de moi mais je vais te dire ce que tu peux apprendre auprès de n'importe quel membre de l'Organisation, à savoir que mon domaine, c'est le renseignement. Le renseignement, ce n'est pas seulement avoir des informateurs, c'est aussi lire tout ce qui paraît sur tous les sujets qui, de près ou de loin, peuvent nous concerner, tu comprends ?

Il existe des tas de revues plus ou moins confidentielles qui livrent des informations essentielles. Grâce à ça, sans être jamais allé à Perpignan, je sais précisément combien de lycées, et de lycéens, tu y trouveras, l'adresse des médecins spécialisés dans les troubles psychiques, les annonces d'offres d'emploi qui pourront convenir à ta mère. Je sais le nombre de policiers et le nom des responsables. Je connais l'identité des agents des services de renseignement nommés depuis 1958. Je sais le prix des loyers, la topographie des quartiers, les horaires des bus et des trains, les rotations aux postes-frontière, la fréquence et les heures des embouteillages, les réseaux routiers secondaires, l'adresse et le numéro de téléphone de personnes sûres... En résumé, j'ai aidé ton père à vous trouver un appartement à Perpignan parce que j'ai suffisamment d'éléments pour conclure que Perpignan est le meilleur endroit, à tout point de vue, pour ta mère et toi. »

Ça te laisse muet un moment.

« C'est juste n'importe quoi ! tu rétorques ensuite. Perpignan ? Vous croyez que ma mère sera contente d'aller à Perpignan ? Elle connaît personne, elle y est jamais allée et c'est à l'opposé de l'Italie ! C'est n'importe quoi. Ni elle ni moi, on ira à Perpignan. »

Tu le plantes là sans le saluer. Tu te demandes pourquoi ton père a opté pour Perpignan alors qu'il est censé avoir poussé ta mère à t'acheter un billet pour Barcelone. Tu n'as que faire de Guérin-Sérac. De lui, de Tommy et de tous ces intermédiaires. L'émissaire du gouvernement t'avait averti : trop de gens, trop d'interférences entre ton père et toi.

Tu as peur soudain qu'il ne réapparaisse pas. Paul va-t-il continuer de soutenir ton départ pour Barcelone si le Capitaine ne revient pas ?

Une angoisse te prend alors que tu traverses la vieille ville. Tu as soudain conscience de faire courir à ton père d'énormes risques, de jouer avec sa liberté et sa vie.

Comment te sortir de là ? Tu ne vois pas de solution. Tu lui en veux. Tout est de sa faute. À cause de lui, tu es obligé de trahir.

Tu rejoins Paul après mille détours et précautions. Ton anxiété s'accroît quand tu découvres que lui aussi redouble de prudence. Il t'envoie un messager et un nouveau lieu de rendez-vous. Tu le retrouves dans un magasin de vêtements alors qu'il est caché dans une cabine d'essayage. Tu es censé jouer le client pendant que, derrière son rideau, il te chuchote des instructions. La situation te met mal à l'aise en même temps qu'elle décuple ta peur. Tu ne sais pas faire semblant et tu attires l'attention du vendeur. Un jeune couple à la recherche d'un costume te regarde bizarrement. Le mari a des allures de para et la femme parle espagnol avec un accent français. Ils s'approchent, tu paniques. Paul a à peine le temps de te fixer un autre rendez-vous, dans une église, que déjà tu t'échappes en courant. Même si personne ne te suit, tu mets un long moment à retrouver ton calme. Quand tu arrives à la basilique Saint-Michel, en début de soirée, tu es encore fébrile. Le lieu te rassure : il est vaste et désert. Paul t'attend dans un confessionnal. Il s'excuse pour le rendez-vous précédent : « une mauvaise idée décidée à la va-vite ».

« La situation s'est tendue, il ajoute. On se doit d'être extrêmement prudent et ça devient compliqué de trouver un endroit discret dans une ville aussi petite.

– C'est pas très rassurant, tu lui fais remarquer.

– Dis-toi bien qu'il ne peut rien t'arriver, il réplique. Le seul qui est en danger ici, c'est moi. »

Ça te donne la chair de poule.

Il te demande s'il y a du nouveau alors tu lui relates la conversation avec Guérin-Sérac. Perpignan. Ça le laisse dubitatif. Il réfléchit.

« Perpignan ? Je doute qu'il prenne le risque d'aller à Perpignan. Perpignan n'est pas une bonne solution. Il faut maintenir le cap de Barcelone. Il s'y sentira plus en sécurité et il passera te voir à un moment ou à un autre.

– Vous pensez qu'il viendra pas ici, alors ?

– J'en doute de plus en plus. Il faut que tu partes rapidement à Barcelone, et il faut que tu partes sans en dire trop afin qu'il s'inquiète et qu'il aille te chercher là-bas. C'est le seul moyen d'établir un contact direct.

– Mais ma mère ?

– On s'en occupe. Sa sœur va la ramener en Italie. »

Il te fixe un rendez-vous pour le lendemain matin. Il aura établi un plan précis. Il te demande de prévenir ta mère que sa sœur va venir la chercher.

Il répète : « Il faut agir vite. Il faut empêcher ton père de nuire. »

Tu te balades ensuite un moment le long de la plage. Les idées se bousculent. « Perpignan n'est pas une bonne solution. » Tu te demandes ce que Paul aurait décidé s'il avait trouvé que « Perpignan était une bonne solution ». Tu aurais dû renoncer à Barcelone pour satisfaire le gouvernement français ?

« Il faut empêcher ton père de nuire. »

Le sentiment d'être en train de le livrer à la police.

Est-ce qu'ils vont vraiment lui proposer un accord ?

Quand tu rentres au meublé, ta mère dort. Elle n'a pas touché à son repas. Elle ne va pas mieux. Tu écris une nouvelle lettre à Esteban. Grâce à votre code, tu lui expliques précisément la situation. Il est le seul auquel tu puisses te confier.

À ton réveil, ta mère est assise dans le salon, les yeux dans le vague.

En te voyant, elle demande :

« Qu'est-ce qui a cloché ? Pourquoi je suis là, dans cet état ? Je ne comprends pas. Nous étions heureux, là-bas, non ? »

Tu ne sais pas quoi répondre alors tu essaies de la rassurer.

« T'inquiète pas, ça va passer. Il faut juste un peu de temps pour reprendre une vie normale. On va s'installer quelque part. C'est une question de semaines. Il faut juste que tu arrêtes d'attendre ou de compter sur Papa. C'est ça qui cloche, Maman. Il faut qu'on se débrouille par nous-mêmes. Paola va venir te chercher et tu passeras un peu de temps chez elle, le temps de retrouver la forme. Moi, j'irai au lycée. Après, une fois que t'iras mieux, on décidera où aller. »

Elle ne répond rien et baisse les yeux. Au bout d'un long moment, elle répète simplement :

« Paola ? Paola va venir ici ?

– Oui. »

L'esquisse d'un sourire traverse son visage pour la première fois depuis que vous êtes à Palma.

Quand tu retrouves Paul, tout a changé. Il faut attendre que ton père se manifeste.

« Alors finalement, vous pensez qu'il va venir à Majorque ? tu demandes.

– On peut pas complètement l'exclure, il répond. Il faut au moins attendre sa réaction à ton refus d'aller à Perpignan.

– Vous avez dit hier que je devais partir vite et que comme ça il irait à Barcelone parce qu'il s'y sentirait en sécurité.

– Oui mais il est peut-être en route pour ici et ce serait dommage de le louper.

– On va attendre combien de temps ?

– Quelques jours, une semaine, peut-être plus. »

Il te donne à nouveau rendez-vous pour le lendemain. Tu repars déçu et amer. Chaque heure passée à Palma te pèse davantage. Nouvelle journée de pluie, fraîche et sombre. Les rues sont désertes. Aucune envie de rentrer à l'appart retrouver ta mère. Tu cherches des amis d'Esteban dans les cafés branchés de la ville. Ils sont tous fermés. Tu essaies de réfléchir à la situation. Tu as la sensation d'avoir ton destin en main sans savoir comment le manier. Tu passes au *Granero*. Il n'y traîne plus personne. Attila t'offre un Coca dans la salle où règne une ambiance crépusculaire.

« Vous allez rester à Palma ? tu demandes.

– En partie, mais je vais ouvrir une autre affaire à Torremolinos.

– Un bar encore ?

– Non, une discothèque. Et toi ? T'es pas censé reprendre le lycée ?

– Je dois attendre l'accord de mon père... enfin plus ou moins.

– Ton père est en cavale depuis deux ans avec toute la flicaille au cul, passe-moi l'expression. S'ils l'ont pas serré, tu sais c'est pourquoi ? Parce qu'il est toujours dix fois plus prudent que le clandestin lambda. Alors, si j'ai un bon conseil : l'attends pas, il reviendra pas, pas ici ni à aucun endroit où il est censé apparaître. »

Tu lui demandes s'il a revu Guérin-Sérac.

Il te répond : « Je m'en tiens loin. C'est un idéologue, un spécialiste de la guerre psychologique. On l'appelle M. Renseignement, il sait tout sur tout le monde. Méfie-toi, contrairement aux apparences entre Tommy et lui, c'est encore lui le plus dangereux. »

17 + 4

Tu traînes à nouveau dans les rues mouillées et désertes. Même s'il n'y a ni mur ni enceinte, tu en es prisonnier. Sinon pourquoi ne pas partir ? Parce que tu as peur de plonger dans l'inconnu et d'affronter qui tu es ? Le court passage entre deux vies que constitue l'étape de Palma s'éternise. La nouvelle ne prend pas forme, l'ancienne s'est effacée. N'en reste qu'une valise bourrée de vêtements. Tes livres, tes magazines, tes affaires de sport, ton vélo, tes jeux, tes objets, tes souvenirs, tout a disparu dans un ailleurs révolu.

Dans ce vide, tu t'accroches à Esteban. Il représente la perspective d'une existence nouvelle, l'idée d'une re-naissance. Ailleurs, loin, sans le poids des absences de ton père et des attentes déçues de ta mère.

Le conseil d'Attila trotte dans ta tête : « L'attends pas, il ne reviendra pas ».

Est-ce que tu peux laisser Paul en plan ? Partir avant l'arrivée de Paola ? Tu veux être sûr que ta mère ne restera pas seule.

Tu rentres tard à l'appartement, trempé et désespéré, avec le sentiment coupable de l'avoir abandonnée. Elle dort. Elle est apparemment allée faire quelques courses. À moins que quelqu'un soit passé. Ton père ? Un de ses acolytes ? Tu scrutes le meublé à la recherche d'un indice. Décor toujours identique. Cinq mois que tu vis là, dans ce provisoire qui refuse de prendre fin, cinq mois coupé de tout et de tous. Tu te demandes ce que sont devenus tes potes du lycée, tes copains de la piscine, tes « coreligionnaires » du temple de la rue de Chartres. Tu prends conscience que tu ne reverras aucun d'eux.

Tu t'endors à l'aube et te réveilles peu avant midi. Encore du gris. Les nuages défilent au-dessus de la mer. Il fait frais. Ta mère remarque :

« Il n'y a pas de chauffage, il ne faudrait pas que l'automne arrive. » Mais l'automne est là depuis longtemps.

« Il est temps de partir », tu lui réponds.

Elle dit :

« Je me sens mieux. Tu vas me laisser. Tu vas rejoindre le lycée. Paola va venir. »

Elle lâche ça d'une voix chancelante pour bien te faire comprendre qu'elle se sacrifie pour toi et pour que tu lui répondes :

« Mais non, je vais rester jusqu'à l'arrivée de Paola. »

Tu ne lui dis rien. À quoi bon ? Elle sait que tu ne l'abandonneras pas dans son état. Que tu es cloué là tant que Paola n'arrive pas. Tu lui dois bien ça. Elle t'a autorisé à partir à Barcelone et t'a acheté le billet. Tu lui donnes la moitié des mille francs que ton père t'a fait parvenir. Elle les refuse.

« Je ne te prendrai pas ton argent. C'est à moi de t'en donner... mais je n'ai plus grand-chose. »

Ses propos larmoyants t'exaspèrent. Tu gardes les mille francs. Tu ne sais pas si elle a des économies ou si elle joue la miséreuse pour obtenir de l'argent de ton père. Elle espère peut-être beaucoup du tableau apocalyptique qu'elle a composé quand ses hommes sont venus.

Tu essaies de comprendre ce qu'elle est. Tu n'as jamais fait attention à elle. Parce que tu souffrais d'être son seul compagnon, tu as pris tes distances, bâti une cloison. Peut-être que son état est un moyen pour elle de susciter ton intérêt, un appel à la voir enfin ? Tu l'observes. Tu découvres son regard perdu et son visage marqué par la mélancolie.

« Ça va aller, Maman. T'inquiète pas », tu lui glisses avec douceur.

Elle esquisse un sourire.

« Je me sens mieux, elle répète. Le choc a été dur à encaisser mais ça va mieux. »

Ensuite elle change d'expression. Ses yeux s'emplissent de larmes.

« Je vais avoir quarante ans, elle lâche dans un sanglot, et toute ma vie tient dans une petite valise. »

Tu n'oses pas la toucher, tu n'arrives pas à être tendre. Tu lui dis :

« On s'en fout des trucs matériels, Maman. Je rentre pas dans une petite valise, moi. »

Elle sanglote davantage.

« Qu'est-ce que je vais faire de ma vie ? elle demande en pleurant.

– Tu vas la bâtir, Maman... Tu vas te passer de lui et tu vas voir que sans lui tu arriveras beaucoup mieux à te débrouiller. T'as pas besoin de lui, Maman. En réalité, tu crois qu'il t'aide mais il t'enfonce, il t'empêche de voler de tes propres ailes. »

Elle est si surprise qu'elle arrête de pleurer. Quelque chose dans tes propos a fait mouche.

« C'est vrai, elle lâche calmement après un long silence. Je n'ai pas besoin de lui mais lui faire croire le contraire, c'était le seul moyen de le retenir. Sinon on ne l'aurait plus jamais revu. »

Quoi ?

« Oui, j'ai profité de son foutu sens du devoir », elle ajoute sans que tu comprennes s'il s'agit d'une excuse ou d'un aveu.

Tu sors faire un tour, traînes sur la jetée. Quelques vieux promènent leur chien et renforcent ton impression de solitude. Tu as dix-sept ans et tu n'as pas vu un jeune de ton âge depuis des jours et des jours.

La procédure pour rencontrer Paul est de plus en plus longue. Tu dois te laisser guider par deux personnes différentes avant de te retrouver face à lui dans un garage désert.

« On pense qu'il est en chemin, il te lance en préambule. Il va venir. »

Mauvaise nouvelle. Il va falloir attendre encore, longtemps, sûrement, parce que tu es persuadé, toi, qu'il ne se déplacera pas. Il n'a aucune raison de le faire.

« Il va vouloir te faire entendre raison puisque tu as envoyé promener son émissaire », affirme Paul.

Tu hausses les épaules.

« Il s'en fout, tu répliques. Il avait prévu Perpignan, et après ? C'était juste qu'il fallait un plan. J'en ai trouvé un autre. Ça doit plus le soulager qu'autre chose. J'ai un avenir et je vole de mes propres ailes, parfait, il a d'autres trucs à faire et à penser. Barcelone, ça l'arrange. Il pourra passer me voir pour jouer au bon père. Perpignan ç'aurait été plus compliqué. Pourquoi est-ce que vous voulez qu'il vienne ici, dans cette île, dans cette petite ville alors qu'il va pouvoir me voir à Barcelone ? »

Ça le laisse silencieux un moment.

« T'en as discuté avec qui ? il fait, soupçonneux.

– Avec ma mère et avec des gens qui le connaissent bien. »

Il se tait, réfléchit.

« Croyez-moi. Les gens qui le connaissent savent qu'il viendra pas, tu lui répètes, mais il sera à Barcelone, peut-être même qu'il y sera pour m'accueillir. »

Il te jauge. Est-ce que tu essaies de l'embrouiller, toi, du haut de tes dix-sept piges ?

Pour lui, Palma est plus souhaitable que Barcelone. Là-bas, ton père n'aura aucun mal à se fondre dans la ville ou à la quitter. Palma, au contraire, est une souricière.

« Bon, il fait, on va voir. Je pense que s'il ne vient pas il va te faire parvenir une réponse assez vite. Attendons. »

Toujours et encore. Laisser ton existence dépendre du bon vouloir de ton père, ses visites ou ses messages, son intérêt épisodique.

« Moi, je suis prêt, tu dis, et si je pars, ça va le pousser à aller me chercher, c'est ce que vous avez dit l'autre fois.

– Je me demande finalement si Barcelone n'est pas trop grand pour qu'il tente de t'y trouver.

– Il sait que je dois aller au lycée français », tu répliques.

Tu t'en veux d'avoir insisté. Montrer que tu veux filer à Barcelone sans attendre a affaibli tes arguments. Il y réfléchit pourtant. Son regard vif et sombre te scrute à nouveau. Tu l'observes. Il a un visage pâle et des cheveux noirs. Il paraît jeune. Trente ans ?

Il semble hésitant.

« Ça demande réflexion, il finit par lâcher. Laissons-nous jusqu'à demain. Il ne faut pas prendre une décision si importante trop hâtivement. »

Cette fois, tu n'insistes pas. Tu acquiesces, décidé à filer sans attendre son autorisation ni celle de ton père. Tu sais que le prochain bateau part dans vingt-quatre heures.

Comme s'il voyait clair en toi, Paul se fait amical. Tu perçois qu'il veut créer du lien pour éviter que tu le trahisses et n'en fasses qu'à ta tête.

Il dit :

« Paul est mon nom de code mais si jamais tu as besoin de me contacter demande Baroin. Commissaire Baroin. Je travaille pour un service qui s'appelle la DST. Essaie de t'en souvenir mais surtout ne l'écris pas. Si tu as le moindre problème, appelle ou passe au consulat de France. »

En rentrant au meublé, tu essaies d'élaborer un plan. Tu sais qu'ils te surveillent, eux, tous. Si tu sors avec ta valise, tu vas être repéré. Comment faire ? Tu passes en revue toutes sortes de stratégies. Rien ne tient la route. Alors quoi ? Pourquoi t'emmerder pour si peu d'affaires ?

Ta mère semble aller mieux. Elle s'est lavé les cheveux. Le meublé paraît plus propre et rangé. Il a à nouveau l'aspect de ce qu'il est : une location de vacances, un lieu sans âme pour touristes. Tu jettes un œil par la fenêtre, cherches à repérer ceux qui te guettent. Tu ne vois que la mer, plate et sombre, battue par une pluie fine.

Ta mère dit :

« Un type a cherché après toi.

– Un type ? Quel type ?

– Un jeune du genre que ne renierait pas ton père.

– Il a dit quoi ?

– Qu'il te cherchait.

– C'est tout ?

– Oui.

– Et mon père ?

– Quoi ?

– T'as des nouvelles ?

– Pas précisément.

– C'est-à-dire ?

– Non, je n'ai pas de nouvelles récentes.

– Et plus anciennes ?

– Tu les connais : il se planque.

– Il compte repasser ?

– Il me l'a promis.

– Alors t'en es toujours là ? Je croyais que t'avais évolué.
– Je n'ai pas dit que je comptais l'attendre...
– T'es sûre ?
– Oui. Je n'attends plus ton père. J'attends Paola. »
Tu ne la crois pas.
« Alors je vais pouvoir te laisser ? tu lui demandes.
– Oui, bien sûr. Tu sais, ce n'est pas pour moi que je m'inquiète mais pour toi. Tu as dix-sept ans, tu te rends compte ? Tu es encore bien jeune pour affronter seul une ville comme Barcelone.
– Je serai pas seul, tu sais bien, il y aura Esteban.
– Il est jeune lui aussi et tu le connais peu.
– J'ai dix-sept ans, pas huit. Je suis plus un gamin. Tout le monde me considère comme un adulte. »
Elle acquiesce mollement.
« Je me fais du souci pour toi. Je ne voudrais pas que tu joues à ton père. Tu n'en as ni le caractère ni l'expérience.
– T'inquiète pas pour ça ! J'ai pas du tout envie de lui ressembler. »
Elle soupire, garde le silence.
Tu n'as toujours pas de plan de départ.
La sonnerie retentit.
« Ce doit être ce type, là », affirme ta mère.
Il fait nuit. Tu as un mauvais pressentiment.
« Il est un peu tard, non ? », tu demandes.
Elle hausse les épaules et va ouvrir.
« C'est encore vous ! » elle lâche à peine agacée.
C'est un jeune Français aux cheveux ras et à l'air hostile. Il a des gestes brusques et porte un blouson, lui aussi. Au ton de sa voix, tu soupçonnes qu'il a bu.
« T'es qui ? tu lui demandes.
– T'occupe, il répond avec agressivité. Tu dois me suivre.

– Te suivre ? Pourquoi ?
– Pour ça », il fait en sortant un flingue de son blouson.
Ta mère pousse un cri. Tu n'as pas peur.
« Tu veux quoi ? tu demandes calmement. T'es envoyé par qui ?
– La Mission III. Ils veulent te voir.
– Je sais pas ce que c'est, tu répliques sans mentir.
– Je suis pas chargé de fournir les explications, il fait, je suis chargé de te ramener.
– C'est bon, tu lui glisses toujours calmement, je te suis, tu peux ranger ton flingue. »
Ta mère est livide. Tu as la sensation qu'elle va se trouver mal. Elle lâche, la voix tremblante :
« Je ne veux pas que tu partes avec ce type. »
Puis en s'adressant à lui d'un ton rageur :
« Son père ne vous pardonnera jamais d'avoir osé menacer son fils. Vous êtes un homme mort. »
L'argument semble l'atteindre. Il recule et lâche :
« Je lui veux pas de mal. C'est juste qu'il doit me suivre.
– Vous avez une arme dans la main, » elle rétorque d'une voix blanche.
Le type la remet dans son blouson et lève ses mains comme pour montrer qu'il est désormais inoffensif.
« Ils attendent en ville, pas loin, dans un bar. Ils lui veulent pas du mal », il glisse de plus en plus conciliant.
Ta mère a bien compris qu'elle était en train de prendre le dessus et en profite. Toujours pâle, elle parvient à lâcher d'une voix ferme :
« Il a dix-sept ans et il ne sort pas sans mon autorisation ou celle de son père.
– Dix-sept ans et quelques mois, tu crois nécessaire de préciser.

– En l'occurrence, elle reprend, il n'a ni mon autorisation ni celle de son père. Il ne sortira pas d'ici. »

Le type tord la bouche et t'observe.

« Ah, il glisse un peu piteux, je savais pas qu'il était si jeune. »

Plus ta mère fait preuve d'autorité et plus il se montre accommodant. C'est un gamin qu'une réprimande maternelle suffit à adoucir.

« Je sais pas ce qui m'a pris, il lâche. Je vous demande pardon. Vous savez, j'ai été obligé de me défendre certaines fois. J'ai vu crever des copains, et pas qu'un peu. Ils ont tué mes parents... On m'a fait du mal alors je sors facilement le flingue. »

Ta mère ne sait plus quoi dire.

Tu répliques :

« C'est rien, t'en fais pas.

– Quoi qu'il en soit, je ne veux pas qu'il sorte à cette heure-là rencontrer des gens que je ne connais pas », dit ta mère.

Et ensuite :

« C'est quoi la Mission III ? »

Le gars se gratte l'oreille.

« C'est la Mission III, il répond, hésitant, c'est une branche de l'Organisation.

– Ah ! l'Organisation ! Bien sûr ! elle réplique avec amertume. L'Organisation... »

Le type baisse la tête.

« Et qu'est-ce que l'Organisation peut bien vouloir à mon fils de dix-sept ans... et quelques ? »

De plus en plus mal à l'aise, le jeune Français n'ose pas répondre.

« Allez, dites-moi ! elle insiste d'une voix aiguë. Dites-moi ce que votre organisation peut bien vouloir à mon fils mineur alors que son père en est l'un des chefs ! »

Après un long silence, le gars lâche :

« Je sais pas, madame, mais nous, on est la Mission III, pas l'Organisation. »

Elle l'observe avec une sorte de pitié méprisante.

Tu demandes :

« Cette “mission”, elle est sous les ordres de mon père ? »

Le type paraît, l'espace d'une seconde, pris au dépourvu. Il hoche la tête comme pour dire oui mais répond :

« Non, pas vraiment. C'est une structure autonome. Notre chef, c'est Canal, le Monocle.

– Le Monocle ? reprend ta mère avec mépris. Mais qu'est-ce que c'est que ce roman ?

– Un roman noir, madame, réplique sèchement le gars. Il a été condamné à mort et il va être exécuté. »

Un silence s'installe. Le type attend tu ne sais quoi. Que tu le suives ?

Ta mère reprend des couleurs, attrape une cigarette, l'allume puis lâche :

« Peu importe vos histoires ! Elles ne m'intéressent pas. Mon fils n'ira nulle part. Allez le dire à vos chefs et laissez-nous tranquilles. »

Le gars n'ose rien et s'exécute. Ta mère referme derrière lui.

Elle s'adosse contre la porte et souffle. Elle a l'air d'avoir eu très peur.

« Ils n'ont aucune limite, aucune », elle fait au bout d'un moment. Puis, s'adressant à toi, elle ajoute :

« Voilà, tu as vu ce que c'est, l'organisation de ton père : un ramassis de malfrats prêts à menacer des enfants et des mères de famille. Seuls les nazis se comportent comme ça.

– Je suis plus un enfant et il t'a pas menacée, tu répliques comme si tu avais de l'empathie pour le gars. L'enfant, au fond, c'est plutôt lui.

– Il n'y a rien de plus dangereux qu'un enfant avec une arme », elle lâche. Et, après s'être assise, elle te lance :

« Ne fais pas l'idiot à fréquenter ce genre de personnages. Et garde-toi loin des compagnons de ton père. Ils sont comme le feu, à trop s'approcher on se brûle. Ils n'ont aucune morale ni aucune mesure.

– C'est bon, Maman, je connais...

– Les connaître, c'est dangereux, elle fait. Tu n'as pas compris ? La visite de ce soir doit te servir de leçon. »

Ses propos t'agacent mais montrent qu'elle va de mieux en mieux. Elle est sortie de la vase dans laquelle elle se noyait.

Tu n'as plus aucune raison de rester à Palma. Tu le lui dis. Elle approuve.

« Oui, il faut que tu t'en ailles d'ici. Ces gens sont dangereux.

– J'ai peur qu'ils me surveillent. Il faudrait pas qu'ils m'empêchent de partir. »

Elle tire nerveusement sur sa gitane.

« Prends le bateau sans tarder, et dis-toi bien que tu bénéficies d'un sauf-conduit : ton nom... du moins vis-à-vis de ces gens-là. »

Tu la laisses dire. Comment lui expliquer que ce n'est pas de « ces gens-là » que tu as peur ? Tu ne sais pas ce qu'elle penserait de ton « deal » avec les autorités françaises. Pousser ton père à poser les armes pour le sauver du peloton d'exécution, elle aimerait, mais elle n'approuverait pas l'idée d'agir sans son consentement.

Soudain, comme privée de courant, elle s'effondre dans le fauteuil. Baragouine des mots incompréhensibles puis perd connaissance, la tête tombant vers l'avant, le menton contre le haut de sa poitrine.

« Eh, oh, Maman ! »

Tu la secoues mais elle ne réagit pas. Tu ne sais pas quoi faire. Tu n'as pas de téléphone et aucune connaissance médicale. Tu la secoues encore. Rien à faire. Tu cours dehors à la recherche d'une aide quelconque. Tu aperçois plus loin, fumant assis sur le trottoir, le gars de la « Mission III ». Tu fonces vers lui.

« Il faut un médecin ! Tu connais un médecin ? Ou une ambulance, non, une ambulance ! Il faut une ambulance, vite !

– Qu'est-ce qu'i'se passe ? il demande interloqué en se levant.

– C'est ma mère, tu souffles. Elle est en train de mourir. Il faut une ambulance.

– Retourne-z-y, il te lance, je m'en occupe. »

Il part en courant vers le centre. Tu rentres à l'appart. Ta mère est toujours inerte dans le fauteuil. Tu vas chercher de l'eau, une serviette, tu l'humectes, tentes de la faire boire, soulèves sa tête, lui donnes quelques tapes sur les joues. Tu essaies de la porter pour l'installer sur son lit mais tu n'y parviens pas. Elle demeure là, immobile et désaccordée, comme sans vie. Tu cherches son pouls et tu ne le trouves pas. Tu tâtes sa peau le long de ses bras, dans son cou, sur ses tempes. Tu paniques.

« Maman ! Oh, Maman ! »

Quand les hommes en blouse blanche entrent, tu es affalé près de la fenêtre contre le rideau. L'un des types se penche sur ta mère et cherche son pouls à son tour. Il te semble qu'il le trouve. Tu refais surface. Ils l'embarquent ensuite rapidement dans une ambulance.

Le gars de la « Mission III » propose de t'emmener à l'hôpital. Tu le suis jusqu'à sa voiture garée plus loin. C'est une décapotable flambant neuve. Facel Vega. Tu es surpris mais tu n'as pas le cœur à le lui dire.

« Tu sais où c'est ? tu lui demandes simplement.

– Oui, il répond. Je passe mon temps à me balader en voiture. J'adore conduire et j'adore les bagnoles. »

Il démarre brutalement et prend de la vitesse.
Il dit :
« J'espère que je suis pas responsable. »
Puis :
« Si c'est l'émotion à cause du flingue, elle va s'en remettre vite. »
Tu ne trouves rien à lui répondre. Il paraît à la fois sincère et indifférent. Ne se préoccupe pas de ton état ni de tes pensées. Il poursuit, d'une voix détachée :
« Moi, mes parents, ils sont morts l'année dernière. En juin. Le 15. Je les ai trouvés quand je suis rentré du lycée. Il y avait du sang partout. Ils les ont égorgés. Et puis ils ont écrit des trucs en arabe sur le mur. Avec le sang, leur sang, je veux dire. La plupart des employés avaient filé. Il restait la lingère et le jardinier. J'ai pris le fusil de mon père et je les ai butés. Tous les deux. Après je suis allé dans les champs, pour en trouver d'autres, mais ces enculés avaient disparu. Alors je suis reparti en ville pour en chercher mais sur la route je suis tombé sur les paras. Ils venaient pacifier la zone. On les avait avertis. Ils m'ont pris le fusil. »
Malgré l'état de ta mère, son récit te glace. Tu te tournes vers lui pour l'observer. Il paraît serein. Son air toujours détaché, sa voix tranquille. Pour la première fois, il te fait peur. Il se tait, accélère, semble se concentrer sur la route.
« Si tu veux un flingue, il fait ensuite, je peux t'en avoir quand tu veux. Tu en as déjà un ? Non ? Il faut en avoir un. Il faut. C'est plus... correct. S'ils viennent ici, tu comprends ? Et puis quoi ? Ça permet le respect, tu comprends ? Tout simplement, le respect. Là-bas, j'en ai flingué au moins... Non, en fait, je sais plus. Au début, je comptais mais après, à quoi bon ? C'est pas ça qui fera revenir mes parents, pas vrai ? Ça soulage, en vrai. Ça me manque. La vérité, ça me démange. C'est pour ça que je le sors

tout le temps, le flingue. Parce que ça me manque. C'est pour ça que j'ai rejoint la Mission III, tu comprends ? Eux, ils y vont, ils ont pas peur. Moi, les réunions, les discours, je m'en branle. Je veux pas qu'on m'explique le combat, je veux juste me servir de mon flingue. »

Tu te demandes qui a eu l'idée d'envoyer ce dingue chez toi.

Tu lui poses la question.

Il répond :

« C'est ce con de Buscia. » Ça ne t'avance pas.

« Est-ce qu'il connaît mon père ?

– Eh oui, sinon pourquoi aller te chercher ?

– Et qu'est-ce qu'il lui veut ?

– Il le cherche pour monter une action.

– Et c'est moi qui suis censé faire l'intermédiaire ?

– C'est ton père, non ? »

Tu ne comprends pas bien s'il est un ennemi ou un allié mais il constitue pour toi une nouvelle source de crainte et de danger. Il s'ajoute à cette nébuleuse de flics et d'activistes qui est devenue ton univers. Tu te sens d'autant plus oppressé que tu ne parviens pas à les cerner. Ils sont tous pleins de mystères et d'arrière-pensées. Tu saisis mal leur but et tu ne sais pas à qui faire confiance. Tommy et Guérin-Sérac, les hommes de main de ton père ? Ils sont si glaçants que tu trembles dès que tu les vois. Paul, l'émissaire du gouvernement ? Tu as le sale sentiment qu'il te manipule. Attila ? Tu n'as pas pigé s'il était dans ou contre l'Organisation. Ce dingue avec sa « Mission III » sortie de nulle part ? Tu ne peux pas t'y fier.

Tu as une seule certitude : ils semblent tous attendre quelque chose de toi, comme si tu étais, à leurs yeux, un rouage entre ton père et eux. Tu ne veux pas du rôle. Tu le refuses d'autant plus que, face aux multiples luttes qui les opposent, collaborer avec les uns t'expose forcément à la fureur des autres.

Dans la Facel Vega, passé l'effroi initial, tu as le sentiment de prendre le dessus sur l'activiste en roue libre. Ta mère l'avait rapidement désarmé. Il semble facile à manipuler.

Il garde le silence jusqu'à l'hôpital. Tu débarques rapidement de la voiture pour pas qu'il ait l'idée de te suivre.

« Merci, tu lui fais. Je me débrouillerai pour rentrer. »

Il lève le pouce en souriant puis te lance :

« N'oublie pas : Buscia veut parler à ton pater. On doit sauver le Monocle. »

Tu ne l'écoutes plus et cours vers l'entrée. Il fait nuit et sombre. Tu as l'impression de t'enfoncer dans un cauchemar.

Après de longs palabres à l'accueil, tu trouves ta mère dans une salle d'examen. Elle respire. Des soignants s'affairent autour d'elle et te demandent de sortir. Tu attends longtemps devant la porte.

Une infirmière vient te voir : ta mère « réagit bien ». Elle a eu un « malaise », du moins, c'est ce que tu comprends.

« C'est-à-dire ?

– Ce n'est rien de grave mais il faut attendre.

– Attendre quoi ?

– Ses réactions. »

Le visage fermé, elle semble décidée à en dire le moins possible. Elle t'embrouille en donnant des explications que tu ne comprends pas. Tu fais répéter. Elle biaise :

« Elle risque d'être un peu confuse pendant quelque temps et d'avoir des difficultés à bouger certains de ses membres mais ce n'est pas certain, il faut attendre pour savoir. Elle est jeune, on peut espérer qu'elle se remettra vite. »

Elle a besoin de connaître son identité parce qu'ils n'ont trouvé sur elle ni papier ni argent. Tu n'as rien non plus. Pas pensé à prendre ne serait-ce que quelques pesetas. Et personne à qui téléphoner. Tu racontes à l'infirmière que vous êtes des

Français en vacances à Majorque. Elle note le nom de ta mère, sa date de naissance, l'adresse de Palma puis s'enquiert de votre adresse en France. Tu as un bref moment de désarroi. Elle le voit. Son regard te scrute et se fait soupçonneux. Tu préfères lui dire la vérité de peur qu'elle s'imagine tu ne sais quoi. Elle note en opinant de la tête, te demande ton âge et t'interroge ensuite sur ton père :

« Où peut-on le trouver ? »

Tu ne sais pas quoi répondre. Ton silence ne lui échappe pas. Elle te regarde avec un semblant de pitié comme si elle pressentait l'ampleur de tes difficultés.

Tu dis :

« C'est un déserteur. Il est en fuite. Maman et lui ont divorcé. »

Elle note sans faire de commentaire puis elle glisse d'un ton compatissant :

« Nous allons contacter le consulat. D'ordinaire, il s'occupe du rapatriement mais dans votre cas je ne sais pas. Votre maman va sans doute rester quelque temps à l'hôpital, elle poursuit. Ramenez ses papiers et des affaires demain matin. Vous pourrez la voir. »

Tu pars, inquiet. Ils n'ont aucun moyen de te joindre. Tu marches longtemps, un peu hébété, sous la pluie.

Épuisé et désespéré, tu te demandes ce que tu fous là. Tu t'assois sur les marches d'une entrée d'immeuble et, engourdi par le contrecoup nerveux, tu somnoles un moment.

Le moteur tonitruant de la Facel Vega te réveille. Elle stoppe devant toi.

« Tu seras mieux dans ton lit ! te lance le gars de la Mission III. Monte, je te ramène. »

Tu espères que la scène fait partie d'un cauchemar dont tu vas bientôt sortir. Une fois bien réveillé, conscient d'être dans la réalité, tu te résous à partir avec lui.

« Et ta mère ? il demande dans la voiture.
– A priori, elle va s'en remettre.
– Ah, j'en étais sûr ! Si on allait fêter ça ?
– Non, non, tu réponds d'un ton ferme. Il faut que je rentre chez moi. Tout de suite. »
Comme toujours quand on se montre autoritaire, il opine. Tu te demandes ce qu'il a fait pendant que tu étais à l'hôpital. En l'observant du coin de l'œil, tu lui trouves un regard de dingue. Quelque chose dans son expression. Une lueur de folie.
Il fume en conduisant, te propose une cigarette puis t'indique du menton le sac traînant à tes pieds.
« C'est un cadeau pour toi, tu l'ouvriras quand tu seras chez toi.
– Un cadeau ? Pour moi ? Je sais même pas comment tu t'appelles !
– Moi ? C'est JB, c'est comme ça qu'on me dit. »
Tu n'oses plus lui poser de questions - tu as trop peur de ses réponses - mais ça ne l'empêche pas de continuer de parler et de parler encore.
« Ton pater, c'est un type, vrai ! Tu sais, ici, tout le monde l'idolâtre. Quel mec ! Peut-être qu'un de ces jours je m'engagerai dans les paras, moi aussi. Ç'a de la gueule, hein, pas vrai ? »
Tu lui demandes :
« T'es pas recherché ?
– Moi ? Non. Pourquoi ? Tu l'as entendu dire ?
– Je sais pas ton nom, tu rétorques. Et je te connais depuis deux heures !
– C'est vrai, il fait. Y en a dans ta tête, vrai ! »
Il se focalise sur ton père :
« J'ai gardé un numéro de *Paris Match* où ils l'ont suivi en opération. Tu l'as aussi ? Les hélicos, les FM, tout ça... Ça a de la gueule. Les gars quand tu les vois. Putain, s'ils les avaient laissés faire, on en serait pas là. »

Il tape du poing sur son volant. Tu lui parles d'autre chose de peur qu'il s'emballe pour de bon.

« Tu habites où ? »

Il se calme, répond :

« J'ai pris une villa sur la plage de Cala Major. Les pieds dans l'eau. C'est grand mais c'est pas meublé. J'ai même pas de quoi faire à bouffer mais je m'en fous. »

La voiture s'arrête enfin devant l'appartement. Tu lui adresses un bref merci et files sans te retourner. Il t'appelle.

« T'as oublié mon cadeau », il fait en soulevant le sac depuis la voiture. Tu l'avais fait exprès. Tu le récupères rapidement, rentres à grands pas dans l'immeuble puis fonces t'enfermer dans le meublé en espérant que « JB » te foute la paix. Le moteur de la Facel Vega résonne bientôt. Tu souffles. Dans le sac, il y a un flingue.

Le matin, tu es réveillé par des coups sur la porte d'entrée. C'est la Guardia Civil. Deux types accompagnés d'un Français du consulat.

Les policiers veulent savoir si tu es bien français et mineur, et te réclament tes papiers.

Le gars du consulat, lui, te parle de rapatriement. Il te demande si ta mère a une assurance.

« Une assurance ?

– Elle va être rapatriée et vous devrez l'accompagner. En tant que mineur, vous ne pouvez pas rester sans elle en Espagne.

– Rapatriée où ? tu demandes.

– Chez vous. Vous êtes d'où ?

– Notre dernière adresse, c'était 37, avenue de la Bouzaréah à Alger. »

Il marque un temps, t'observe.

« Ah, je vois... », il lâche.

Puis il réfléchit.

« Vous avez de la famille en France ?
– La famille de ma mère est italienne.
– Mais elle, elle est française ?
– Euh, officiellement, vous voulez dire ? Je sais pas... Mon père lui est français.
– Il est où ?
– C'est compliqué. Ils sont divorcés.
– Mais il est ici ?
– Non, non, mais il est en Espagne.
– Où ça ?
– Je ne sais pas.
– Ah... Vous savez pas où est votre père et vous savez pas si votre mère est française ou pas... », il constate, agacé.
Il s'enquiert de sa carte d'identité et de la tienne.
« Qu'est-ce que ça change ? tu lui demandes.
– Ça change que le consulat de France ne peut pas rapatrier une Italienne.
– Mais vous voulez la rapatrier où de toute façon ? À Alger ? »
Il n'a pas de réponse. Il hoche la tête en signe de réflexion intense.
« Vous ne savez pas où se trouve votre père ? il demande. Depuis longtemps ? Je veux dire vous n'avez plus de relations avec lui ?
– Si, si. C'est lui qui nous a installés ici. Disons qu'il est parti chercher du travail.
– Mais vous ne savez pas où ?
– Non, il se déplace beaucoup. »
Il sort un petit carnet à couverture de cuir noir, note les informations. Au bout d'un moment, il te glisse gentiment :
« Je ne sais pas quoi vous dire. Je n'ai jamais eu affaire à ce genre de situation. C'est très compliqué. Je vais en référer.

Je crois que dans un premier temps nous allons essayer de contacter votre père. Je crois que c'est ce qu'il y a de mieux à faire. Il faudrait le trouver vite. Ça ne doit pas être si compliqué. S'il cherche du travail, il s'est sûrement signalé à nos services pour avoir des papiers en règle. »

Tu préfères ne pas le détromper. Les policiers espagnols jettent un œil à l'appart. Sur la table, tu aperçois le sac avec le flingue. Tu commences à paniquer.

« Il va falloir me suivre, déclare le gars du consulat.

– Comment ça ?

– Vous êtes mineur, vous ne pouvez pas rester seul. Comme vous êtes français, vous devez me suivre. Sinon, c'est un foyer des services sociaux espagnols.

– J'ai dix-sept ans, je peux vivre seul.

– Pas au regard de la loi de ce pays, il rétorque.

– Mais puisque ma mère ne va pas être rapatriée. Je peux bien attendre ici qu'elle sorte de l'hôpital.

– Je ne sais pas ce que les autorités espagnoles vont décider mais pour l'instant, elles refusent que vous habitiez seul ici.

– Mais je vais rester au consulat jusqu'à quand ?

– Le temps que nous trouvions votre père. Ça ne devrait pas être long.

– J'en doute, tu lâches finalement.

– Non, vous verrez, nos services en Espagne sont efficaces.

– Ils le cherchent depuis des mois sans succès.

– Comment ça ? Vous avez signalé sa disparition ?

– Mon nom ne vous dit rien ? tu réponds. Cherchez bien. »

Il écarquille les yeux, jette à nouveau un œil à ta carte d'identité.

« Ah oui, il fait après un silence, en effet, je vois... »

Puis :

« Voilà qui est complexe. »

Le plus vieux des deux flics perçoit qu'il y a un problème et revient vers lui. Il l'interroge d'un simple mouvement de menton. Le gars lui explique en espagnol.

Le flic te toise puis te demande ton nom. Tu le lui donnes.

Il opine : « Si... »

Il dit au type du consulat :

« Je dois en référer à mon chef.

– Moi aussi », répond le gars.

Tu t'en veux d'avoir donné l'info mais tu es parvenu à l'effet espéré : ton départ pour le consulat est différé. L'un et l'autre s'absentent et te laissent sous la surveillance du deuxième flic. Il est jeune et détendu. Tu l'observes avec un mélange de gêne et d'espoir. Il s'assoit sur la table, sort un paquet de clopes et t'en offre une.

« Tu as quel âge ? il demande.

– Dix-sept. »

Il fume en silence.

Au bout d'un moment, il dit en désignant le sac sur la table :

« Il faut que tu caches ça. Ça risque de compliquer tes affaires. »

Tu te décomposes. Comment est-ce qu'il a deviné que le sac contenait un flingue ?

Tu le prends et le fous dans le meuble le plus proche : un buffet contenant de la vaisselle.

Il secoue la tête.

« Non, il dit, à l'extérieur de l'appartement. Dans la cage d'escalier ou dans la boîte aux lettres. »

Tu sors sur le palier. Il te suit de loin. Faute de mieux, tu descends cacher le sac dans la boîte. Quand tu remontes, il dit :

« Tu devrais t'en débarrasser. Ça peut que t'occasionner des ennuis et ça te servira à rien. »

Tu lui réponds :

« J'en voulais pas mais un type me l'a fourré dans les mains.

– Il t'a pas rendu service.
– Je sais. »
Il te toise.
« Il faut pas devenir comme ton père. Il faut pas tomber là-dedans. Votre guerre est finie alors que sa vie est foutue. Ne fais pas pareil.
– Je suis pas comme lui. Et j'approuve pas ce qu'il fait, » tu réponds.
Plus tard, il te demande :
« Tu as une fiancée ici ?
– Non.
– Un ami, quelqu'un chez qui aller ?
– J'ai un ami à Barcelone.
– Il faut que tu trouves un endroit où aller sinon Dieu sait où ils vont t'envoyer. »
Tu es de plus en plus inquiet pour ton avenir. Son collègue revient et lui glisse : « On y va. » Tu te retrouves seul. Sans attendre le retour de l'homme du consulat, tu files à l'hôpital. Une demi-heure de marche. Ta mère a été transférée dans une salle avec sept autres femmes. Elle dort. Une infirmière t'assure qu'elle va bien et qu'elle va s'en remettre rapidement puis elle t'emmène chez l'économe qui s'inquiète pour l'argent. Il est agressif. Est-ce que ta mère a de quoi payer ? Qui va la prendre en charge ?
Tu dis :
« Mon père paiera. Il a de l'argent et il a toujours payé pour elle. »
Ton assurance parvient à le calmer mais il paraît toujours soupçonneux et hostile. Il te demande son nom, tu le lui donnes. Tu as soudain très envie de lui répondre avec brutalité. L'idée de l'arme te traverse l'esprit. Si tu avais le flingue sur toi, tu le lui foutrais sous le nez.

Tu retrouves ton calme au bout d'un moment. Qu'est-ce qui t'a pris ? Tu vas serrer un moment la main de ta mère puis repars en ville. L'idée du flingue te poursuit. Celle de l'argent te travaille aussi. Comment faire face ? Il faut que tu parviennes à avertir ton père.

Tu es décidé à ne plus dépenser une peseta alors tu traverses la ville à pied. Au *Granero*, Attila, fidèle au poste, t'écoute. Faire prévenir ton père ? Il ne sait pas comment. Il n'a pas « le contact ». Guérin-Sérac ? Il ne l'a pas aperçu depuis longtemps. Aucune idée d'où il peut être. Il va transmettre le message mais « la colonie des parias, dit-il, s'est dépeuplée, il ne reste plus que la mauvaise herbe et les fleurs coupées ».

Tu encaisses. Il t'offre un Coca et t'aide à retrouver tes esprits.

Tu rentres ensuite au meublé. Toujours obnubilé par le flingue, tu le récupères en passant dans la boîte aux lettres. Tu y trouves un télégramme de Paola. Elle arrive par avion. Il y a aussi le dossier d'inscription au lycée français de Barcelone. Deux bonnes nouvelles.

Sur le seuil de l'appart, un type attend. C'est Tommy le Dingue. Quand il te voit, il donne deux coups sur la porte. Elle s'ouvre sur un autre gars : Guérin-Sérac. Tu as un mouvement de recul mais ton père apparaît à sa suite, massif et sombre, costume-cravate et imper. Il a un regard distant, le visage fermé. Tu le rejoins à l'intérieur.

« J'ai peu de temps, il fait en guise de bonjour.

– Tu as été rapide, en tout cas », tu réponds.

Il hausse les sourcils et ignore ta remarque.

« J'arrive de l'hôpital, il lâche.

– J'en viens aussi, on s'est manqués de peu.

– J'ai réglé ce qui devait être réglé.

– Ils vont pouvoir la rapatrier ?

– La rapatrier ? Ce n'est pas le terme. Elle va aller en Italie. Sa famille s'occupera d'elle mais il faut que ta tante accepte et signe les papiers.

– Pourquoi ça ?

– Tu es mineur et tu n'es pas responsable de ta mère.

– Tu l'es pas, toi ?

– Non, même si je fais comme si pour l'instant. Je m'en passerais bien, crois-moi, j'ai d'autres chats à fouetter. Maintenant, il faut que tu me dises précisément ce qu'il s'est passé.

– Ce qu'il s'est passé quand ?

– Ils disent que ta mère a eu un choc émotionnel. Ça t'évoque quelque chose ? Tu étais avec elle. »

Tu lui racontes l'histoire.

Il répète « la Mission III » en regardant son acolyte. Il te fait décrire le gars et préciser tous les détails que tu as pu recueillir. Tu serres dans tes mains le sac contenant le flingue. Pas envie de lui parler de ça.

« Bon, il fait, voilà comment les choses vont se passer : dans l'immédiat, tu vas t'installer dans une autre piaule. Tu te feras discret et dans quelques jours, je t'enverrai quelqu'un. Il t'emmènera à Madrid. Je connais un prêtre français qui enseigne dans un lycée catholique. Il doit pouvoir t'y trouver une place en internat. Ensuite, quand les choses se seront tassées, d'ici quelques mois, on trouvera une solution plus durable et plus satisfaisante. »

Tu es si surpris que tu restes silencieux.

« Pas d'objection ? » il demande.

Tu lui tends le dossier d'inscription.

« Je suis pris au lycée français de Barcelone et j'ai trouvé une piaule. Je parle pas assez bien espagnol pour aller autre part que dans un lycée français et je veux pas trop m'éloigner tant que Maman n'est pas rétablie. »

Il hoche la tête en signe d'approbation.

« J'apprécie que tu te sois débrouillé tout seul mais, d'une part, ta mère va partir en Italie et d'autre part je dois veiller à ce que tu sois en sécurité. Tu le seras plus à Madrid qu'à Barcelone.

– Ça me fait pas peur, tu rétorques. J'ai été habitué à vivre dans un climat d'insécurité et puis je dois penser à mes études. Et puis j'ai pas envie de me bâtir une existence comme la tienne. Je suis pas recherché, moi, je vois pas pourquoi j'irais me planquer chez des curés de Madrid.

– Tu feras ce que je décide et ce que je pense être le mieux pour toi. Point.

– Je doute qu'un officier déserteur, condamné à mort par contumace, sache vraiment ce qu'il y a de mieux à faire. Je veux pas être un éternel fugitif, je veux juste faire des études et avoir une situation stable et normale. »

Sa gifle, ou le mouvement de recul que tu opères, te fait perdre l'équilibre. Tu restes groggy un moment, à terre, puis, l'espace d'une fraction de seconde, tu as envie de prendre l'arme dans le sac. Tu n'en es pas capable.

« Un émissaire du gouvernement te cherche, tu glisses sans le regarder. Ils veulent te parler.

– Tu as vu un émissaire du gouvernement ? » il demande.

Pour la première fois, il paraît surpris mais, sans attendre ta réponse, il lâche :

« Prépare tes affaires et rassemble aussi celles de ta mère. Tommy passera dans une heure pour t'emmener à ta nouvelle adresse. »

Tu te relèves.

« Ils veulent négocier, tu ajoutes. Ta liberté contre la fin des hostilités. »

Il t'observe, intrigué, cherchant de ses yeux acier à comprendre ce que tu as dans la tête.

« Ils n'ont pas le droit de te mêler à ça. Si tu les revois, dis-le-leur.
– Je leur ai dit. Ils m'ont juste demandé de te prévenir. Ils disent que s'ils passent par des intermédiaires, tu n'auras pas le message ou alors il sera déformé. Ils veulent que tu saches qu'ils sont prêts à négocier. »
Il laisse échapper un soupir.
« Je sais ce qu'ils font, crois-moi. Je les connais. Ils veulent m'arracher un accord en te manipulant. Ils t'ont mis dans la tête que je serais le dernier des salauds si je refusais leur main tendue. Il ne faut pas les croire. J'ai travaillé pour eux, avec eux, j'étais eux. Je sais ce qui m'attend. Je ne dois d'être en vie qu'à ma prudence, mon silence et la fidélité de quelques camarades qui travaillent encore pour eux... mais ils les écartent peu à peu alors, plus que jamais, je dois me méfier d'eux. »
C'est la première fois qu'il évoque avec toi ses activités. Pourtant tu crois entendre à nouveau son éternel discours sur la fidélité, le sens du combat et la défiance envers tous ses semblables.
« Je sais qu'ils ont négocié avec d'autres, tu rétorques, et qu'eux, ils ont accepté et qu'ils ont pas eu de problème. »
Tu vois à son expression qu'il est à nouveau étonné.
« Comment tu sais tout ça ? il demande. Qui a négocié avec eux ?
– Palma est une petite ville, tu réponds, et porter ton nom permet d'obtenir pas mal d'informations. »
Il se tait, réfléchit.
« Qui a négocié avec eux ? il répète.
– Mais, j'en sais rien, moi, c'est pas mes histoires. »
Il te toise, hésite et lâche :
« Non, c'est vrai, ce ne sont pas tes histoires. De toute façon, s'il y a des noms, je les saurai... mais ne crois pas tout ce qu'on te dit.

– Tu me l'as déjà dit.
– Je ne veux pas que tu rentres là-dedans et que tu fréquentes ces gens. Ta place est dans un lycée. Tu as grandi, c'est bien, mais ne te mêle pas de ça.
– Oui, j'ai compris... Le problème, c'est qu'à force de pas savoir ce que tu fais, je sais plus ce qu'il faut croire. Est-ce que tu as tué des gens ? »
Il soupire, agacé.
« Ce ne sont pas tes affaires.
– Si tu veux pas répondre, c'est que tu l'as fait.
– J'ai fait la guerre, au contact, ça te va ?
– Mais depuis ?
– La guerre n'est pas finie, elle a pris une autre forme, c'est tout.
– C'est vrai que tu es le chef de l'Organisation ?
– Ne te mêle pas de tout ça. Je le dis pour ton bien, ce ne sont pas tes histoires. Ça n'a pas d'intérêt pour toi. Tu vas retourner au lycée, c'est ça qui doit concentrer ton intérêt. Oublie tout ça et prépare tes affaires.
– Je traîne ton nom comme un boulet, alors je suis un peu en droit de savoir ce qui est vrai et ce qu'on te met sur le dos pour te salir. »
Il scrute ton visage.
« Je ne peux pas répondre à ta question, il lâche calmement, au bout d'un moment. Tu es assez intelligent pour comprendre pourquoi. Tu ne dois pas être impliqué. Et puis, encore une fois, ma survie passe par mon silence. Je suis devenu une cible pour eux, tu comprends ? Pendant qu'ils te parlent de négociation, d'autres préparent une opération *homo* contre moi. Tu sais ce que ça veut dire ? Je suis devenu trop gênant pour eux, en liberté comme en prison. Crois-moi, je sais de quoi je parle. Quand j'étais avec eux, j'en ai mené plusieurs. »
Il se tait. Tu ne sais pas quoi dire.

« Deux minutes, mon capitaine », prévient Tommy.

« Tu vois ? il demande en te prenant à témoin. Tout est chronométré. Je ne peux pas rester plus de dix minutes au même endroit. »

Il s'éloigne vers la porte, se retourne.

« Sois prêt dans une heure. On se revoit à Madrid, d'ici là pas d'imprudence, fais-toi discret et coupe tout contact avec les gens de l'Organisation. Compris ?

– Compris », tu réponds pour endormir sa méfiance.

Il disparaît avec ses hommes en une fraction de seconde.

Une voiture les attend devant l'immeuble.

Tu rassembles tes affaires en quelques minutes et, après t'être assuré que personne ne te guette, tu files avec la même rapidité que le Capitaine. Il ne te reste plus qu'à imiter son art de la fuite.

Devenir, à ton tour, ce fugitif insaisissable.

Tu n'as qu'une heure avant qu'il parte à ta recherche. Le premier endroit où il ira est le port parce qu'il sait que ton objectif est de rejoindre Barcelone. Ensuite il enverra des gens à lui à l'aéroport, au *Granero* et à l'hôpital. Tu connais les endroits à éviter mais tu ne sais pas où aller. Le plus urgent est de passer dire au revoir à ta mère. Le trajet te permet de réfléchir à la suite. Réfléchir vite et bien afin de prendre une décision rapide, s'y tenir ensuite sans tergiverser. C'est la façon dont agit ton père. Rapidité, efficacité et détermination. Tu montes en taxi à l'hôpital. Tu as la surprise d'y trouver ta tante. Elle vient d'atterrir. Elle est choquée par l'état de ta mère.

« Qui t'a dit qu'elle était à l'hôpital ? tu demandes.

– C'est le monsieur du consulat de France. Il est venu me chercher à l'aéroport. »

Tu es soulagé. Tu as le sentiment que Paul est derrière « l'homme du consulat » et tient ses engagements. Il est peut-être le seul à pouvoir t'aider.

« Est-ce qu'il est encore là ? tu demandes à Paola.
– Non, il m'a déposée et il est reparti. »
Elle remarque ton agitation.
« Calme-toi, elle souffle, ta mère va se remettre. »
Tu lui expliques la situation. Tu dis que ton père est tenu de te prendre en charge mais que, étant en cavale, il a décidé de te confier aux membres de son organisation.
« Je suis inscrit au lycée français de Barcelone et j'ai un logement. C'est un bon lycée mais Papa veut me foutre dans une institution franquiste dirigée par un de ses comparses à Madrid alors que je parle pas couramment espagnol. J'y comprendrai rien sans compter que je veux pas être mêlé à son organisation... et Maman ne le veut pas non plus. »
Elle tombe des nues. C'est, pour elle, beaucoup d'infos à digérer en peu de temps. Tu profites de sa surprise pour lui dire que tu pars pour Barcelone et que tu lui confies ta mère. Puis tu vas embrasser la malade qui dort paisiblement. Tu prends sa main dans la tienne mais elle ne réagit pas. Tu aurais aimé pourtant qu'elle approuve ton départ.
En sortant de l'hôpital, l'idée te vient de traverser l'île pour aller prendre le bateau à Alcúdia. Il y en a un en fin d'après-midi. Avec un peu de chance, ton père ne sait pas qu'il existe des traversées Alcúdia-Barcelone. Tu as un peu moins d'une heure pour prendre le bus sans être repéré. Un taxi t'emmène à la gare routière ; il n'y a pas de car pour Alcúdia avant deux heures. Il te faut une voiture. Te revient le type de la Mission III. C'est l'homme de la situation. Lui et son habitude de rouler par plaisir. Il t'emmènera, c'est sûr, et fissa, à Alcúdia. S'il refuse, tu as un argument de poids : ton père n'a pas apprécié qu'il fasse peur à ta mère.
« Le Capitaine te tient pour responsable. T'as intérêt à me rendre service sinon il va t'arriver des gros malheurs. »

Comment le trouver ? Il t'a dit qu'il habitait une grande villa sur la plage de Cala Major. Un taxi t'y emmène. Au sortir d'un virage, vous butez sur un embouteillage. Une voiture de police bloque la circulation. Le chauffeur s'énerve.

« Allez-y à pied, c'est juste après, moi je fais demi-tour. »

Tu avances sur le trottoir et te rapproches. Les flics entourent une Facel Vega. En une minute, tu es à quelques mètres de la voiture. Tu aperçois un corps affaissé derrière le volant. Tu reconnais les vêtements et la silhouette de JB. Sa tête n'est plus qu'une grosse pastèque éventrée. Un magma de cheveux, de matières molles et roses, de sang et d'os. Le pare-brise est criblé d'impacts de balles. Les sièges couleur crème sont éclaboussés de taches rouges.

17 + 5

Il pleut. Le bateau est secoué par les vagues. Il grince à chaque mouvement. Les montées et les descentes, l'odeur nauséabonde de mazout te donnent la nausée.

Tu es en fuite.

L'image de ce corps explosé sur les sièges blancs de la Facel Vega te hante. Et les mots de ta mère, en écho : « Son père ne vous pardonnera jamais d'avoir osé menacer son fils. Vous êtes un homme mort. »

Tu ne sais plus si tu crains pour ta vie ou si tu fuis ton père parce que tu as enfin compris qui il était. Peut-être les deux. Ta mère, elle, savait.

Tu as sauté dans le bateau pour Valence. Le Capitaine n'aura pas l'idée de t'y chercher. Comment imaginer qu'au lieu de te rendre à Barcelone, tu files vers le sud en t'infligeant un détour de trois cent cinquante kilomètres ?

En quittant Palma, tu as l'impression de t'évader de prison. Six mois de taule. Mais ton évasion ne suit pas le plan initial. Tu pars vers l'inconnu.

Tu ne sais pas où aller. Rejoindre comme prévu le lycée français de Barcelone ? Ton père ou ses hommes doivent déjà y être. Contacter Esteban ? C'est lui faire courir des risques. Il y a eu le passage des deux Français venus l'interroger à propos de ton arrivée. Tu n'as pas réussi à savoir qui ils étaient. Les services français ? Des gars de l'Organisation ?

Ta seule certitude est que ton père dirige un groupuscule bien structuré. Il a des hommes partout. La police de Franco l'aide et le soutient. Le seul endroit où il ne peut pas agir est la France mais tu ne veux pas aller en France.

Partir où ? Faire quoi ? Arrivé à Valence, tu es incapable de prendre une décision. C'est le matin, il fait froid et tu as faim. Tu rejoins la gare sans rien planifier. Un train part pour Barcelone. Tu préfères réfléchir. Depuis ton départ, tu as une idée en tête : la cousine de Sofia Vesiani à Valence. Elle t'en parle dans sa lettre.

D'un café, tu appelles Sofia. Elle est surprise. Il est tôt, elle vient de se lever et vous ne vous êtes pas parlé depuis l'exil. En réalité, c'est sa cousine qui t'intéresse. Elle habite Valence mais surtout elle est la fille d'un des chefs de l'Organisation. La fille d'un paria, d'un tueur, comme toi. Elle peut t'aider sans juger, elle saura te comprendre.

Avec Sofia, tu essaies d'être rassurant.

« Il n'y a rien de grave, tu fais, c'est juste que je viens de débarquer du bateau. Et comme je suis à Valence... »

Sa voix est claire et son ton affectueux. Malgré l'heure matinale, elle est heureuse de t'entendre. En quelques mots, la complicité d'autrefois revient. Les mois d'éloignement semblent n'avoir duré que quelques jours.

« Ça me rappelle quand t'appelais chez moi... là-bas, tu te souviens ?

– On était gamins, tu rétorques.

– C'était juste il y a quelques mois...

– C'était avant tout ça, il y a un siècle. »

Elle te donne le numéro de Margot. Tu ne sais pas quoi en faire. Plus le temps passe plus ta détermination se dilue. Tu es incapable de prendre la moindre décision. Le train pour Barcelone ? Tu hésites toute la matinée. Ton père dit qu'avant d'agir il faut se mettre dans la tête de ses ennemis. « Si on devine ce qu'ils font, alors on a un coup d'avance sur eux. » Tu imagines qu'il a dû envoyer des sbires à Barcelone. Il faut attendre. Attendre qu'ils constatent que tu n'es pas à Barcelone. Tu appelles Margot peu après midi.

La première chose qu'elle te dit quand tu prononces ton nom, c'est :

« Je sais qui tu es. »

Tu lui réponds :

« Il faut pas que tu le dises à ton père.

– Mon père est pas là, elle fait. Il est toujours en déplacement. On le voit rarement.

– Je sais ce que c'est », tu répliques.

Tu lui expliques ta situation. Elle prend ça pour une fugue d'adolescent. Tu restes flou sur l'aide dont tu as besoin. Elle te propose de t'héberger. Il faut juste convaincre sa mère.

« Ça ne pose pas de difficultés, elle fait, mais bien sûr il faut pas parler de fugue. Tu viens juste passer quelques jours pour visiter Valence en attendant de rentrer au lycée français de Barcelone. »

Elle vient te chercher à la gare. C'est une jolie brune de dix-sept ans. Elle est avec son frère, Ben, qui a un an de plus qu'elle. Tu comprends vite qu'ils sont très proches et qu'elle lui a tout dit. Ils ne vont pas au lycée parce qu'ils vivent, eux aussi, dans l'attente. Ils n'ont pas l'air d'en souffrir, tout leur semble léger, ils sont souriants et décontractés. Leurs regards sur toi reflètent une sorte de pitié. Ils te voient comme un ado sans boussole. Ce que tu es.

Ben s'intéresse à l'Organisation et sait précisément ce qu'y font son père et le tien.

Sans évoquer l'histoire de la Facel Vega, tu l'interroges sur la Mission III. Est-ce qu'il connaît ? Il t'en parle comme d'une « dissidence ». « L'Organisation a deux branches : Mission I et Mission II. La Mission III, c'est des tarés qui trouvent que les autres font pas assez. On la surnomme "Mission Bazooka". Ils tirent dans tous les coins. Mon père aime pas du tout. »

Il te demande si tu as eu affaire à eux. Tu éludes.

« T'inquiète pas, il fait, de toute façon ils sont tellement paranos qu'ils vont s'autodétruire. C'est des branquignoles. Ils arrivent pas à la cheville de ton père ou des types comme Guérin-Sérac... »

Tu notes l'allusion à l'acolyte de ton père. Tu devines que c'est une perche que Ben te tend. Il veut savoir ce que, de ton côté, tu connais de l'Organisation mais tu trouves son attitude trop exaltée.

Il dit que son pater lui a interdit de se mêler au combat mais qu'il n'y a pas renoncé. Il s'interroge sur ce qu'il doit faire.

Ils t'emmènent chez eux. Ils habitent un grand appartement ancien dans le centre, Carrer de Sueca. Un ami de leur père le met à leur disposition.

« Pourquoi mon père n'a pas d'ami comme ça ? tu lâches sur un ton désinvolte pour te mettre à leur niveau.

– Il en a mais pas assez pour vous loger tous », réplique Ben sans ironie.

Il sait ça aussi. La réputation de ton père te précède.

Même si tu t'en méfies, tu as le sentiment que Ben peut t'aider. Il a déjà réfléchi à toutes les éventualités : rejoindre l'Organisation, se protéger des ennemis de son père, déménager dans l'urgence. Comme tu partages sa chambre, le soir tu l'interroges :

« Tu ferais quoi à ma place ? »

Il répond comme s'il avait déjà réfléchi à la question :

« Si ta mère est évacuée sur l'Italie, il faut que tu la rejoignes là-bas. C'est ça le mieux. Dans la famille de ta mère, tu seras tranquille. Ce qu'il faut que tu fasses d'abord, c'est gagner Perpignan. De là, tu prends le train jusqu'à Marseille. À Marseille, seulement à Marseille, tu appelles ta famille en Italie et puis tu reprends le train, direction Vintimille.

– Comment je fais pour passer la frontière ? Je suis mineur et j'ai pas d'autorisation de sortie. »

Il propose de te trouver des faux papiers. Il s'est renseigné pour lui, au cas où. « C'est facile, il faut que tu fasses des photos en te vieillissant et que tu attendes ici quelques jours. »

Puis, sans prévenir, il commence à parler « baise », « bite » et à te montrer son « engin ». Tu ne comprends pas ce qu'il veut. Tu passes une partie de la nuit aux toilettes en attendant qu'il s'endorme.

Quand, enfin couché, tu fermes les yeux, tu vois les images du corps éclaté dans la Facel Vega. Tu flottes entre effroi et incrédulité. Est-ce que tout ça est vraiment arrivé ? Ou est-ce que tu deviens dingue ? Tu doutes par moments mais la réalité te rattrape. Tu as vu ce type mort. Tu es resté éveillé trente-six heures d'affilée. Des gens que tu connais à peine t'ont accueilli. À tes côtés, un ado dont tu te méfies. Au cours de cette première nuit de fuite, ton sommeil est haché de cauchemars et de réveils en sursaut.

À l'aube, à moitié endormi, tu sens une main sur ton sexe et un sexe contre tes fesses. Un souffle rauque dans ta nuque et la chaleur âcre d'un corps qui n'est pas le tien. Tu ne sais pas combien de temps passe avant que tu réalises que tu n'es pas en plein cauchemar. Avant que tu te réveilles pour de bon. Avant que tu sautes hors du lit. Quand il essaie de t'accrocher, tu te jettes sur ton sac pour sortir ton flingue.

Le reste de ta fuite se délite dans un brouillard que tu ne cherches pas à dissiper. Dans le train pour Barcelone, tu dresses le constat précis de ta situation : dix-sept ans, en fugue, ta mère est à l'hôpital et ton père est l'ennemi public n° 1, tu as menacé un garçon avec une arme.

Tu surnages grâce à la colère. Elle t'oriente et te tient éveillé. Le seul coupable de ce chaos est ton père. Tu voudrais qu'il soit arrêté et fusillé, rayé de la carte et de ta vie. Tu regrettes d'être parti de Majorque sans avoir alerté Paul ou le consulat. Ton père va quitter Palma et se dissoudre une fois de plus dans l'espace.

Tu arrives à Barcelone un mardi après-midi. Il fait gris et froid. Un vent venu de la mer glace l'air. Tu es surpris par la foule. Il t'a semblé préférable d'éviter la gare centrale alors tu as laissé le train à Viladecans, dans la banlieue lointaine.

Tu te coules dans la peau d'un clandestin.

Tu gagnes la ville par le bus. Ton objectif est la Carrer de Venero où habite Esteban.

L'immensité, l'agitation, le manque de repères te font perdre du temps. Tu es un enfant perdu dans la cité-monde. C'est déstabilisant mais rassurant : jamais personne ne parviendra à te trouver.

Parvenu à l'angle de la Carrer de Venero, tu restes un long moment à observer.

« Tout est question de prudence et d'attention », disait ton père.

Tu ne notes rien de suspect. La rue est vide et les allées et venues sont rares. Tu te rends au 18. Sur une boîte aux lettres, le nom d'Esteban, « 2e droite ». Tu sens ton cœur battre plus fort à chaque marche. Avant de frapper à la porte, tu prends conscience de ton aspect. Avec tes chaussures de tennis sales, ton pantalon en toile trop court et ton vieux blouson moche du temps de Bugeaud, tu as honte de toi. Tes habits de pauvre, ton corps trop maigre, ton visage imberbe et juvénile : tu n'as pas l'attrait de celui qu'on veut aider.

Tu frappes. Un jeune type t'ouvre. Il est souriant et décontracté.

« C'est pourquoi ? il demande.

– Je suis un ami d'Esteban, tu réponds.

– On t'attendait plus ! » il s'exclame.

Puis : « Esteban est pas là mais t'inquiète, on est prévenus, tu peux t'installer. »

Il te fait entrer. L'appartement est vaste mais en foutoir. Il sent la jeunesse et le bonheur de vivre.

Tu hésites quelques secondes. Et si finalement tu restais là ? Si cet appartement constituait un abri ? Il suffit de ne rien dire. T'installer sans parler de ce danger que tu fuis et que tu sens, partout, en permanence. Un devoir de loyauté te pousse à la franchise. Tu ne veux pas les mettre en danger. Il faut tout lui dire : ton père, les menaces de finir dans un pensionnat franquiste, l'histoire du type de la Facel Vega, ta fuite, l'inquiétude.

Tu le noies d'informations comme pour te libérer. C'est confus, décousu et incompréhensible.

Il hausse les sourcils.

« J'ai peur que ceux qui m'aident aient des ennuis, tu répètes. C'est pas prudent que je m'attarde. »

Ton état d'excitation le prend au dépourvu. Il dit ensuite qu'il sait qui est ton père.

« Est-ce que tu es sûr que c'est lui qui te pourchasse ? Est-ce qu'il te ferait du mal ? »

Il semble douter de la gravité de la situation. Tu as trop l'air d'un gamin paniqué. Tu as en tête l'enchaînement des événements : les questions de ton père et la mort presque simultanée du gars qui a fait peur à ta mère.

« Il a pas l'habitude qu'on lui obéisse pas, tu réponds. Il peut être très, très violent », tu ajoutes.

Il t'offre une cigarette puis il te fait asseoir dans un petit canapé au milieu d'un salon lumineux. Il essaie de te calmer pour essayer de voir clair. Il te demande ton âge.

« Dix-huit », tu souffles en rougissant.

Il hoche la tête.

« Je m'appelle Sergi », il précise.

Il semble embarrassé. C'est un beau garçon aux traits pâles et aux cheveux bruns. Son regard est doux. Tu ressens l'envie de rester avec lui, sous sa protection et son regard. Avec lui et Esteban, ton existence à Barcelone promet d'être sereine mais tu ne peux pas rester.

« Esteban est à Madrid jusqu'à la fin de la semaine », il ajoute.

Tu en as les larmes aux yeux.

« Est-ce que tu veux vraiment continuer à fuir ton père ? il demande.

– Je veux pas vous attirer des ennuis et je veux pas me retrouver dans un pensionnat militaire dirigé par des moines franquistes. Je veux pas être ce qu'il est. Je préfère crever. »

Il hoche la tête.

« Est-ce que ton père a l'adresse d'ici ?

– Je sais pas, tu rétorques, mais s'il l'a pas encore, il va vite la trouver.

– Barcelone, c'est pas Palma, il aura du mal.

– Il a des hommes partout et il est en cheville avec la police politique. Et puis, c'est un pro du renseignement. Il sait tout sur tout le monde. »

Il répète pour lui-même :
« Police politique. »
Il réfléchit un moment.
Demande ensuite :
« Tu as un endroit où aller ? De la famille en France ?
– La famille de ma mère est en Italie. C'est là que je veux aller.
– En Italie ? C'est loin l'Italie ! De quel côté ?
– Dans le Nord-Est, pas loin de Bologne. »
Ça le laisse pensif. Rejoindre la France lui paraît sans doute un projet faisable mais pas l'Italie.
« Tu sais, il fait, on peut t'aider à passer la frontière espagnole mais si tu as personne pour t'aider à passer la frontière italienne, j'ai peur que tu y arrives pas. »
Tu ne sais pas quoi dire. Tout va de travers.
« Ne t'inquiète pas, il fait, on va trouver une solution. Il n'y a rien d'insurmontable dans ta situation. »
Tu gardes cette phrase en toi. Elle est la première lueur dans l'obscurité des derniers jours.
« Il n'y a rien d'insurmontable. »
Tu as dix-sept ans et trop d'événements ont, en trop peu de temps, bousculé ta vie.
« Je peux toujours t'emmener jusqu'à la frontière et te confier à un ami qui te fera passer... mais est-ce que tu as un point de chute en France ? Est-ce que tu sais où aller ? Tu dois trouver quelqu'un : un parent, un ami... »
Il y a dans sa voix et dans son regard une humanité qui te fait du bien. Il te tient la tête hors de l'eau alors que tu t'enfonces.
« J'ai ma grand-mère près de Bordeaux, tu lâches hésitant, mais le problème c'est que c'est la mère de mon père et qu'elle risque de le prévenir.
– Avec ce que tu m'as dit de ton père, je pense pas qu'il ait beaucoup de contacts avec elle ni qu'il prenne le risque de venir

la voir. Sans doute que s'il est encore en liberté, c'est qu'il évite ce genre d'imprudences. »

Il te calme. Ta situation n'a rien de désespéré, il te répète. Il faut garder la tête froide et étudier sereinement les options possibles. Il va appeler Esteban et quelques amis. Ils seront de bon conseil. Il t'offre une bière puis te dit de te reposer.

« Tu as l'air épuisé, il fait. Tu devrais dormir un peu pour pouvoir ensuite prendre les bonnes décisions. »

Tu t'endors sur le canapé. Tu ne te réveilles que le lendemain matin.

Sergi te secoue l'épaule doucement.

« Si tu es toujours décidé à partir, il dit, c'est maintenant. »

Tu n'as pas les idées claires, tu lui demandes :

« Qu'est-ce qu'a dit Esteban ?

– J'ai pas réussi à le joindre, il répond, mais mes amis disent qu'effectivement il est pas prudent de rester à Barcelone. Pour toi comme pour nous. On peut pas se permettre d'attirer l'attention de la police. Ça risquerait de nous attirer des ennuis. Ce serait dangereux pour nous... et pour toi, tu comprends ? »

Tu comprends même si tu ne sais pas précisément ce qu'il cache. Tu pressens qu'il s'agit d'histoire politique. Esteban tenait un discours anti-Franco. Tu devines que Sergi et lui doivent être des opposants à la dictature.

Il ajoute :

« On peut t'emmener en France. Ça veut dire partir maintenant. Mais tu as une autre option : aller au consulat de France. Tu y seras en sécurité.

– Ils risquent de m'envoyer je sais pas où, tu réponds. Un foyer pour jeunes. J'ai pas trop envie. Je veux rester libre de mes mouvements. L'idée, c'est de pouvoir rejoindre l'Italie, et donc déjà d'aller en France. »

Vous prenez la route dans une Coccinelle Volkswagen. Il fait sombre et frais. La pluie douche la mer. Sergi semble anxieux. Il t'explique qu'il est difficile de passer la frontière mais qu'il a des « amis ». Tu dois promettre de ne jamais en parler à personne et surtout pas à ton père. Tu as la confirmation qu'ils baignent, Esteban et lui, dans des milieux antifranquistes. Tu ne sais pas à quel degré ni dans quelle optique. Tu ignores tout alors des Catalans et de leur combat séparatiste. Tu sais juste que la frontière française est à trois heures de voiture. Après, tu as deux options : l'Est pour tenter de passer en Italie ou l'Ouest pour rejoindre ta grand-mère.

« Je t'amène dans les Pyrénées mais côté Pays basque. Ne me demande pas pourquoi. C'est une journée de voiture. Ça te rapprochera de ta grand-mère. Là-bas tu seras pris en charge par un ami. Il sait qui tu es, ç'aurait pas été loyal de pas lui dire. Il te posera des questions. Réponds-lui même si ça a un rapport avec ton père. Il prend beaucoup de risques pour te faire passer la frontière alors si tu peux l'aider, fais-le.

– Je vois pas comment je vais faire pour te dédommager, tu répliques, mais je vais te filer l'argent que j'ai et puis, je te jure, dès que je peux je t'en filerai plus. »

Tu sors les billets de ton père. Ça l'amuse.

« Tu sais, l'argent, je crois que tu vas en avoir plus besoin que moi... alors garde-le. Pour le reste, un jour ton tour viendra, tu verras. Toi aussi tu seras en position d'aider quelqu'un et alors, à ce moment-là, tu te souviendras qu'on t'a aidé et tu auras la bonne attitude. »

Sa phrase te fait du bien. Elle te projette dans l'avenir. Pour la première fois depuis longtemps, tu aperçois un futur lointain. Un bout d'existence débarrassée de la vase dans laquelle tu patauges. Un jour, tu auras une vie normale.

Son pote doit te faire traverser les Pyrénées puis t'emmener jusqu'à Bayonne. Là, Sergi connaît la mère d'un copain.

« Ce qu'il faut que tu gardes en tête, c'est de rejoindre ta grand-mère le plus vite possible. Il faut pas que tu abuses de l'aide de personnes qui font déjà beaucoup pour d'autres, il t'explique. Ta grand-mère t'aidera à mettre au clair ta situation légale. À toi de la convaincre ensuite de te délivrer une autorisation de quitter la France. »

Tu vas devoir entrer en France clandestinement pour pouvoir en sortir officiellement.

Une histoire de carburateur vous fait perdre quatre heures dans les montagnes de l'Aragon. Route déserte, village lointain, réparation artisanale. Vous arrivez le soir dans les Pyrénées basques. Dans un bled appelé Uztárroz, Sergi s'arrête pour récupérer un jeune type. C'est le gars chargé de te faire passer la frontière :

« Sergi t'a prévenu ? il te demande. Il y a une heure de marche. T'inquiète pas, c'est facile. Il faut juste que tu te cales bien dans mes pas, à cause de la nuit. Il faut éviter les lampes tant qu'on est du mauvais côté. Il faut pas parler non plus. »

Sergi vous dépose ensuite dans la montagne. Tu as l'impression à travers lui de dire adieu à Esteban. Tu prends conscience que tu ne le reverras pas. Tous tes espoirs de vivre à Barcelone avec lui s'écroulent, là, au milieu de nulle part. Tu es à deux doigts de t'effondrer. Tout te paraît absurde, ton père, ta fuite.

Sergi te demande si tu as un message ou un mot à transmettre à Esteban. Tu n'y as pas pensé.

« Dis-lui que je lui écrirai et que je reviendrai. Dès que mon père me lâche, je retourne à Barcelone. Gardez-moi la place... Dis-lui de pas m'oublier. »

Il sourit.

« Je lui dirai », il lâche simplement.

Le gars s'impatiente.

« Faut pas rester là, il souffle. Et il faut parler moins fort. »

Vous vous encordez puis vous partez.

« N'aie pas peur de t'enfoncer dans la neige, il te lance, c'est le meilleur moyen de ne pas glisser. T'inquiète pas, elle est molle. Il n'y a pas de danger. »

Tu ne sais pas son nom. Il marche devant sans se retourner, le pas ferme et sûr. Tu manques de souffle, tu as froid, tes pieds sont mouillés et glacés, tes mains piquent, tes yeux pleurent mais le périple passe vite. Au bout d'une pente escarpée, dans la nuit noire, une voiture attend. Un grand barbu à son volant. Son visage dur et son physique de colosse te font peur. Tu ne te sens pas en sécurité.

Sergi t'a prévenu :

« Réponds aux questions mais n'en pose pas. »

La chaleur de la voiture t'apaise. Les deux hommes échangent dans une langue que tu ne connais pas. Leur conversation paraît tendue. Tu en déduis que c'est à cause de toi. La voiture démarre et file sur la route qui serpente. Elle dégage une odeur de cambouis et de plastique désagréable. Tu as mal au cœur.

Après un long silence, le barbu te demande en français qui est ton père. Tu ne lui caches rien. Il ne fait pas de commentaire mais il pose des questions sur ses activités et ses acolytes. Tu essaies d'être précis conformément à ce que t'a demandé Sergi. Une nouvelle fois, pour te justifier, tu racontes l'histoire de la Facel Vega. Justifier ta fuite mais aussi ce soutien dont tu bénéficies. Il faut qu'ils aient le sentiment d'aider un homme en danger et non un gamin fugueur. Tu penses à ton père. Tu le vois à ta place, exactement : assis dans une voiture, de nuit, trimbalé par deux inconnus, d'un point à un autre, silencieux. Tu suis sa trajectoire.

Tu vomis par la fenêtre à l'entrée de Saint-Jean-Pied-de-Port. L'étrange nom de ce village. Il fait froid, la nuit est sombre.

Les gars jettent leurs cigarettes. Vous vous arrêtez un moment. Le barbu te demande ton âge. Tu dis dix-huit ans. Il ne tique pas.

« Est-ce que ton père t'a fait du mal ? » il demande. C'est une question étrange. Elle est le reflet de son incompréhension face à ta jeunesse. Il faut vraiment que tu sois en grand danger en Espagne pour être exfiltré vers la France.

« Qu'est-ce que tu appelles du mal ? » tu réponds. Il n'ose pas en demander plus. Tu perçois que lui et son acolyte sont mal à l'aise. Ils n'ont probablement pas l'habitude de trimbaler ce genre de clandestin, ou peut-être qu'ils ne sont pas certains du camp dans lequel te ranger. Tu voudrais être avec eux, partager leur lutte, mais tu ne sais pas ce qu'est leur combat. Ils n'ont pas ces airs de comploteurs du *Granero*. Tu les trouves forts, modestes et héroïques. Ils te donnent à boire et vous repartez, fenêtres ouvertes malgré le froid.

En arrivant dans la périphérie de Bayonne, le barbu te demande sans vraiment demander si tu as un « endroit où dormir ». Tu parles de la mère de l'ami d'un ami dont tu as l'adresse. Il réplique :

« Elle t'attend ? Elle est prévenue ? »

Tu dis : « Je crois. »

Il rétorque : « Malheureusement on peut pas te loger. C'est pas une question d'hospitalité mais de prudence. Tu en sais déjà trop. Si la police nous prend, on est extradés, tu comprends ? »

Tu réponds : « Oui, bien sûr. »

Et : « Je vous suis reconnaissant de tout ça. Si un jour je peux vous rendre la pareille, je le ferai.

– Le mieux que tu puisses faire pour nous aider, c'est de nous oublier, il lance. Quant à toi, malgré le voyage, te prends pas pour un clandestin. T'es pas un hors-la-loi. Si t'as besoin d'aide, adresse-toi à l'Église ou à des organismes. Reste pas dans la nature. »

Tu les remercies une nouvelle fois et tu te retrouves seul, dans la nuit, au milieu d'une rue déserte. Il faut aller frapper à une porte inconnue, demander l'hospitalité, tenter de justifier ta situation. Tu ne t'en sens pas capable. Ta grand-mère vit à deux cents kilomètres, elle t'ouvrira sa porte mais ces deux cents kilomètres te paraissent inatteignables. Et tu crains la réaction de cette femme que tu connais peu et mal. Son adresse se limite à un nom de village, Saint-Selve, Gironde, et au souvenir ancien d'une maison dans la rue principale, entre la poste et le monument aux morts.

Tu as surtout peur des liens qu'elle entretient avec son fils. Tu en ignores tout. Qui sait s'ils ne sont pas en relation permanente ? Si ton père n'a pas établi des codes, des canaux, des intermédiaires pour pouvoir échanger avec elle ?

Et qui sait s'il n'a pas déjà envisagé la possibilité que tu te réfugies chez elle ? Un de ses hommes t'attend peut-être à l'entrée du village.

Il te reste cette « mère d'un copain » de Sergi. Tu n'as pas d'autre solution que d'aller quémander son aide.

Tu es assis sur le trottoir. Tu as l'impression d'avoir couru sans reprendre ton souffle depuis quarante-huit heures. Là, dans cette rue de Bayonne, tes forces t'abandonnent. Il te faudrait à nouveau quelqu'un pour te prendre en charge mais tu es seul. Tu essaies de faire le point. Ne pas paniquer, réfléchir, voir clair. Tu mesures soudain l'impact du rendez-vous manqué avec Esteban. Des mois que tu en avais fait ton salut, ta bouée, ta raison de vivre. En quelques heures, tout s'est écroulé.

Tu n'as pas le courage d'aller frapper chez l'amie de Sergi.

La nuit est humide et froide. C'est la première que tu passes dehors. Après différents refuges éphémères, tu finis dans l'herbe mouillée au pied des remparts. Ton principal ennemi n'est ni la pluie ni le froid mais la peur. Tu dors la main sur ton flingue. À l'aube, épuisé et affamé, tu te sens boueux et sale. L'argent de ton père te sert à te payer une douche aux bains publics, des brioches et une paire de jeans neufs. Aux PTT, dans une des cabines du grand hall, tu appelles l'hôpital de Majorque. Tu apprends que ta mère y est encore. Il est probable que ta tante est toujours à son chevet. Tu laisses un numéro et tu passes ta matinée aux PTT dans l'attente d'être rappelé. Un peu avant midi, tu entends enfin ton nom.

Au bout du fil, la voix de ta tante.

Sa première phrase est :

« Où es-tu ?

– Je suis en France, là où mon père ne peut pas venir me chercher », tu réponds.

Paola laisse passer quelques secondes puis elle te glisse d'un ton neutre :

« Il faut que tu reviennes à Majorque. Ta mère t'attend.

– Je préfère la rejoindre en Italie. Dis-le-lui...

– Non, fait Paola. Il *faut* que tu viennes à Majorque.

– Maman va pas mieux ? tu demandes, inquiet.

– Si mais elle est bloquée là. Elle ne peut pas être rapatriée en Italie.

– Pourquoi pas ?

– Mais parce qu'elle ne réside pas en Italie.

– Mais elle réside nulle part.

– C'est bien le problème.

– Alors quoi ?

– Alors les Espagnols ne veulent pas la garder. Si elle ne se rétablit pas très vite, elle va être rapatriée en France.

– Mais où en France ?

– C'est toute la question. »

« Reviens à Majorque, elle répète ensuite.

– Je peux pas, tu rétorques, je peux pas passer la frontière.

– Va à la police. Où es-tu exactement ? Je n'ai pas compris. Il faut que tu ailles à la police. Ils t'aideront à revenir à Majorque. Je vais les appeler, tu es dans quelle ville ?
– Je sais pas, je sais plus », tu réponds.

17 + 6

Tu as dix-sept ans et demi un jour de profonde solitude.

Ta fuite stagne dans Bayonne depuis plusieurs semaines.

Tu vis dans l'attente d'un nouveau départ pour une nouvelle destination mais tu ne sais pas où aller ni que faire. Les événements t'ont anéanti et tu ne parviens pas à sortir de la confusion qui te recouvre.

Pour la première fois de ton existence, tu as passé les fêtes loin de ta mère.

Tu as réussi à lui parler au téléphone, le soir de Noël, mais votre échange t'a submergé de tristesse. Elle allait mieux pourtant et s'apprêtait à sortir de l'hôpital. Tu as décelé dans sa voix des nuances d'optimisme. Elle t'attendait, là-bas, à Palma, parce qu'elle ne voulait pas passer les fêtes sans toi. Elle a chargé Paola d'acheter ton cadeau.

« Ensuite, dès que tu seras là, ce sera l'Italie, elle t'a annoncé. Pas question de partir sans toi. »

Quand tu lui as soufflé que tu ne voyais pas l'intérêt d'effectuer un long détour par Palma pour te rendre à Pontelagoscuro, tu as compris qu'en réalité, ce n'était pas toi qu'elle attendait mais ton père, encore, encore et toujours. Elle t'a parlé de sa venue à son chevet, de son soutien et des risques qu'il avait pris pour régler les complications administratives dont elle n'arrivait pas à se dépêtrer.

« Tu te rends compte, elle a lâché, il a traversé l'Espagne rien que pour venir me voir alors qu'il est pourchassé par toute une armée ! »

Il était reparti, elle ignorait où, au Portugal peut-être, mais elle savait qu'elle pouvait compter sur lui et qu'au moindre pépin il accourrait à nouveau. Son discours t'a écœuré. Tu as senti qu'elle était prête à tout, y compris à retomber malade, pour l'attirer près d'elle. L'Italie t'a semblé alors une destination utopique, trop éloignée de l'Espagne et du Portugal. Tu lui as promis de la rejoindre dès qu'elle serait à Pontelagoscuro mais ça ne semblait pas peser lourd face à son désir de rester à proximité du héros qui avait « traversé l'Espagne » pour la soutenir pendant que tu t'enfuyais sans te soucier de sa santé. Même si elle ne les a pas exprimés, tu as senti les reproches. Tu étais à ses yeux un ado égoïste qui avait suivi ses plans sans se préoccuper d'elle. Elle t'imaginait à Barcelone avec Esteban. Quand tu lui as dit que ton père voulait t'envoyer chez les curés à Madrid, elle a refusé d'y croire. C'était une excuse que tu t'étais inventée pour n'en faire qu'à ta tête. Tu n'as pas osé lui parler du gars de la Facel Vega. Ç'aurait été trop pour elle. Comment admettre l'inimaginable ? Comment croire ce que toi-même tu ne parvenais toujours pas à concevoir ? Dépité et malheureux, tu l'as laissée à son héros sans tache. Tu as eu la sale impression qu'il avait, en manipulateur expérimenté, manœuvré pour qu'elle prenne son parti contre le tien.

Quand tu l'as rappelée à l'hôpital le 1er janvier pour lui souhaiter la bonne année, on t'a appris qu'elle était sortie. Tu n'avais plus aucun moyen de la joindre. Tu t'es senti profondément seul.

La nécessité, ou le réflexe de survie, t'avait permis, jusque-là, de repousser l'anéantissement. Il fallait bouffer, dormir, rester propre. Ton esprit s'est focalisé sur l'immédiat et a servi de digue à ce flot que tu sens maintenant tout proche, menaçant, prêt à t'emporter, et dont les premiers écoulements ruissellent en toi. Tu as trouvé un appart abandonné, sans eau ni électricité, où dormir, tu as appris à économiser en réduisant tes besoins à presque rien, tu as, pour les fêtes, fait quelques extras dans les boutiques et les cafés de Bayonne, tu t'es même mis à fréquenter la piscine.

Nager te fait du bien. Tu évacues la colère et tu as la sensation de renouer avec ta vie d'avant, quand tu avais un foyer, une mère, des amis, des activités, une existence balisée et rassurante. L'avenir imprécis qui t'attend te paraît moins angoissant. Tu es jeune et malin, tu vas t'en sortir.

Une fois le lien avec ta mère coupé, ta détermination vacille. Chaque jour nécessite tellement d'énergie et de volonté que tu as besoin d'une perspective pour survivre. Le départ en Italie n'est plus une option depuis que ta mère a décidé de rester à Majorque attendre ton père ; tu ne peux plus retourner en Espagne, contacter Esteban risque de lui nuire ; l'idée de renouer avec ta grand-mère te paraît dangereuse et tu n'as pas d'autre famille sur qui te reposer. L'épisode de Valence t'empêche, instinctivement, de demander de l'aide à des inconnus ou à de vagues connaissances. Tu as peur des gens, tu fuis toute rencontre, tu vis aux aguets, tu dors peu et mal, tu t'accroches à ton arme comme un enfant à son doudou. La crainte de voir surgir ton père ou un de ses sbires continue de t'obséder. Tu essaies de faire face mais tu as besoin d'un but, d'une piste, d'une raison de te battre et, surtout, de l'espoir que ta galère va bientôt prendre fin.

Chaque jour qui passe sape ta volonté comme si le flot du désespoir s'infiltrait toujours plus et que la digue, sous pression, cédait peu à peu. Tu en as conscience et ça t'effraie. Tu ne veux pas perdre pied.

Tu as dix-sept ans et demi, tu es en fuite depuis plus d'un mois et déjà tu as la sensation d'être au bout de ta cavale. Le froid et la peur t'épuisent. L'argent se fait rare. Tu cherches vainement du travail. Les fêtes passées, boutiques et cafés entrent dans la période hivernale et te conseillent de revenir au printemps. Un serveur avec qui tu as bossé te parle des fermes de la campagne alentour. Il te file l'adresse d'un exploitant agricole. Tu le trouves après une journée d'errance : « Ah, vous, vous êtes de la ville, il te fait. Si vous étiez de la campagne, vous sauriez que pendant la saison morte il n'y a rien à faire ici. »

Les déconvenues s'accumulent et la moindre contrariété t'abat. Tu tentes ta chance dans le port industriel mais il faut des papiers en règle pour pouvoir travailler. Tu renonces à la piscine. Le flot s'infiltre.

La boule au ventre en permanence, tu somnoles le jour pour profiter de la relative douceur océane et tu marches la nuit pour lutter contre le froid. Tu découvres le peuple des noctambules, des camés surtout, des prostitués de tous sexes et de tous âges, des fêtards éméchés, des adolescents fugueurs. Ils partagent souvent combines, alcool, moyens de subsistance. Ils t'offrent parfois un peu d'argent, des vêtements, quelques taffes de cigarettes au goût spécial qui te permettent d'avoir moins peur et moins froid pendant un moment. Tu profites de leur aide mais tu les gardes à distance, ta main droite toujours dans la poche de ton blouson, tes doigts en contact avec l'acier froid de ton flingue. Tu n'es pas comme eux, tu ne leur ressembles pas : ton but est de bosser pour gagner ta vie, tu ne fais que passer, ton avenir est ailleurs. Penser à une vie normale te fait pourtant sombrer dans l'angoisse. Tu mesures à quel point elle s'éloigne sans que tu puisses faire quoi que ce soit pour la retenir. L'image du ferry emportant Esteban loin de toi te revient. Voilà ta vie, elle ressemble à ça : à ce bateau dans lequel tu voudrais être et qui s'en va sans toi.

Tu espères qu'Esteban vienne à ton secours et te tire par la main pour te faire monter à bord mais peu à peu les cauchemars recouvrent tout.

Tu luttes encore, pied à pied, mais tu sens que tu perds le combat.

Esteban, tu le sais, ne viendra pas. Tu es définitivement seul et l'unique chose sur laquelle tu puisses compter est ton flingue.

Tu as un sursaut après avoir lu, à la une des journaux, qu'un des comparses de ton père, Jean Bastien-Thiry, a été fusillé pour avoir organisé un attentat contre de Gaulle. Bizarrement, l'événement te pousse à reprendre confiance en toi. Il te rappelle que tu n'es pas un mineur en fugue mais un homme en cavale fuyant de dangereux activistes. Tu repenses à ton père et à sa capacité à vivre en permanence dans la fuite et la clandestinité. Il faut que tu prennes exemple sur lui, que tu appliques ses méthodes. Il s'appuie sur deux éléments essentiels : les femmes qu'il séduit et chez qui il se planque, et l'Organisation, structurée et puissante, qui assure sa logistique. Deux éléments que tu n'as pas mais que tu peux obtenir. Tu es jeune, tu es bien de ta personne et tu t'imagines qu'avec un peu de volonté tu vas intéresser de jeunes femmes célibataires. Pour l'organisation, il faut que tu reprennes contact avec ceux qui t'ont emmené jusqu'à Bayonne. Tu as compris qu'ils appartenaient à un groupe politisé auquel tu pourrais te lier.

Ton sursaut est de courte durée. Tu n'as pas les codes ni le charisme. Tu as beau sourire, forcer ta nature en abordant les femmes, dépenser tes derniers francs dans les brasseries, tu n'es pas crédible. Tu es un gamin auquel on interdit l'accès aux discothèques et aux bars de nuit, à qui les prostituées du centre offrent du chocolat, que les jolies filles de Bayonne regardent avec bienveillance mais sans aucun désir.

Les réfugiés basques espagnols ne te considèrent pas différemment. Quand, après des jours et des nuits passés à arpenter le quartier du Petit Bayonne où ils se sont regroupés, tu tombes enfin, dans un bar, sur le barbu qui t'a convoyé trois mois plus tôt, tu comprends que tu n'as ni le parcours, ni l'âge, ni le pedigree pour être des leurs. Il te fait bon accueil pourtant. Il s'appelle Eneko. Il te regarde de la même façon que les femmes de Bayonne : avec bienveillance et un peu de pitié. Grâce à lui, tu vas pouvoir manger de temps à autre à ta faim, te poser, les jours trop difficiles, derrière un demi dans son café chaleureux. Faire plus, il t'explique, ce serait se mettre en danger.

« Les flics nous surveillent, il lâche. De toute façon, ta place est pas parmi nous. Je te répète ce que je t'ai dit quand je t'ai récupéré dans les Pyrénées : t'es pas un hors-la-loi, tu dois pas rester dans la rue. Je veux bien te donner à bouffer si tu as faim mais je pense franchement qu'il faut que tu arrêtes ça, vraiment. »

Passée l'exaltation que t'a procurée l'idée de devenir un pro de la clandestinité, tu retombes dans la réalité. Elle est triste et déprimante. Tu es un gamin en fugue, parti sans savoir où il allait, ce qu'il devait faire et comment il pourrait subsister. Un ado paniqué en train de sombrer, un type qui t'effraie.

18

Tu as dix-huit ans dans le commissariat de police du Petit Bayonne, un soir triste et moche d'averses estivales. Tu es en manque : manque de came, manque de fric, manque de repères. Les flics t'ont coursé sur la route de Biarritz alors que tu venais de braquer une station-service. Tu refuses de décliner ton âge et ton identité, les seuls éléments que tu livres sont tes liens avec les services de renseignement et le nom du commissaire Baroin alias « Paul ».

Il débarque le surlendemain. Tu es à la fois soulagé et honteux.

« On peut en faire des conneries en huit mois ! » il fait en te toisant.

Et :

« Tu es comme ton père, tu disparais sans laisser de traces... »

Il essaie de comprendre ton parcours depuis Palma :

« Comment un gentil gamin comme toi en est arrivé à braquer une station-service ? »

Tu ne sais pas quoi lui répondre sinon la Facel Vega et le crâne éclaté du gars de la Mission III, la fuite solitaire dans un monde hostile, la rue, la misère et la dérive, le refus de retourner à Palma et l'illusion de pouvoir te débrouiller seul avec une arme. Un mélange d'orgueil et de honte, de naïveté et de désespoir.

Tu passes sous silence ton goût pour la came, et le reste de ton existence dont tu es incapable de cerner les contours. Tout est flou et obscur. Tu as le sentiment d'avoir effectué un sprint sans fin dans un tunnel sans lumière. Quelque chose a explosé dans ta tête en même temps que le crâne du type de la Mission III. Tes souvenirs se sont évaporés, ton immédiat s'est dilué, tu as perdu le fil du présent, ton histoire t'a échappé. Tu as couru pendant des mois en te retournant sans arrêt pour voir si ton père, ou un de ses hommes, était sur tes talons. Dans un de tes rares moments de lucidité, tu as compris que le flot t'avait emporté et que, comme tu le redoutais, tu avais perdu pied. Tu aurais pu réclamer de l'aide mais tu t'es accroché à l'idée que ce que ton père avait pu faire pendant des années, tu étais capable de le faire au moins pendant plusieurs mois.

Paul en a compté huit. Tu as du mal à le croire : huit mois que tu cours dans cette nuit sans fin ?

Il t'observe, scrutateur et intrigué, mais il ne retient que l'histoire de la Facel Vega :

« Je n'avais pas fait le lien. Alors c'était ton père ? »

Il va te tirer des geôles du commissariat même si trois témoins t'ont vu brandir une arme et menacer un homme. Tu lui promets de retourner sur le droit chemin. Il évoque longuement ton père, te confie qu'il court toujours après lui. Il le sait en mouvement perpétuel entre la France, le Portugal et l'Espagne, a du mal à saisir comment il parvient à traverser les frontières sans se faire repérer. Tu comprends qu'il compte sur toi pour le trouver et tu lui promets ton aide : tu vas tout faire pour reprendre contact avec le Capitaine même si tu n'as aucune idée de comment procéder. Tu es soulevé tout à coup par la volonté de faire payer ton père, seul responsable de ta fuite, ton errance, ta dérive. Tu es prêt à vouer ton existence à sa capture.

Ta rancœur soudaine surprend Paul.

« Il s'agit toujours de lui proposer un arrangement, il fait. Tu as bien compris ? On ne va pas l'arrêter. »

Tu as l'impression d'être pris en faute, coupable d'avoir souhaité le pire pour ton père. Tu baisses la tête comme un enfant puni. Paul te scrute. Tu sens bien qu'il ne comprend pas ce qui a changé en toi depuis Palma.

« Est-ce qu'il y a quelque chose que je devrais savoir ? » il demande.

Tu hausses les épaules, il insiste. Alors tu lui racontes à nouveau, longuement, l'épisode du gars de la Mission III. Il t'écoute répéter l'histoire, patient et compatissant, percevant sans doute, enfin, l'ampleur de ton traumatisme. Quand tu as fini, sans avoir omis aucun détail, il hoche la tête puis lâche :

« Tu veux qu'on l'arrête parce que tu as peur de lui. »

Tu ne sais pas quoi dire. Vous vous observez un moment en silence puis, comme s'il allait te confier un secret, il se penche vers toi et souffle :

« Écoute-moi bien : ton père ne s'en prendra jamais à toi. Je te l'ai déjà dit à Palma et je te le répète : il ne te fera jamais de mal. Et c'est bien pour ça qu'on s'est adressé à toi. On savait qu'il ne pouvait rien t'arriver.

– Et la Mission III ? tu lui demandes soudain.

– La Mission III ? il répète, décontenancé. Quoi la Mission III ?

– Ils peuvent s'en prendre à moi comme mon père s'en est pris au gars de la Facel Vega. »

Il sourit avec une sorte de dépit.

« Mais ça n'existe plus, la Mission III, il fait. La plupart des gars ont été arrêtés... déjà qu'ils n'étaient pas nombreux... Non, vraiment, c'est de l'histoire ancienne. »

Tu ne sais pas s'il cherche à te rassurer ou s'il dit la vérité. Tu veux bien le croire pour la Mission III mais tu doutes de ses affirmations à propos de ton père, comme si ses arguments te parvenaient mais que quelque chose en toi les rejetait. Peut-être parce que l'idée de n'avoir rien à craindre te met étrangement mal à l'aise : tu as la sensation que si le Capitaine et ses hommes ne peuvent rien contre toi, ils vont se venger sur Esteban.

« Vous avez pas vu ce que j'ai vu, tu rétorques. La tête de ce type... »

Il te coupe :

« Arrête de ressasser, oublie ça.

– Et vous voulez négocier avec lui ? tu poursuis. Il va pas aller en prison ? Et ses hommes ? Vous connaissez Tommy ? Vous savez comment ils le surnomment ? Tommy le Dingue. On dit qu'il a buté cinq cents bonhommes !

– Ne t'inquiète pas, Tommy, lui, si on le prend, il ira directement en prison et il n'en sortira pas. »

Il tente de te calmer. Il répète : « Oublie cette histoire », « pense au présent, à ton avenir ». Il te propose une place dans un établissement « spécialisé » de la région parisienne.

Spécialisé dans quoi ?

« On va te remettre d'aplomb, il répond.

– J'ai pas besoin d'être *remis d'aplomb*, tu rétorques. Je suis pas dingue. Le dingue, c'est mon père. C'est lui qu'il faut enfermer.

– Tu n'es pas en état de continuer à vivre seul, il affirme calmement.

– Je suis plus un gamin.

– Pourquoi tu ne vas pas rejoindre ta mère maintenant qu'elle est en Italie ? il demande.

– En Italie ? Alors elle a fini par y aller ?

– Elle t'y attend sûrement », il affirme.

Tu es pris de court.

« C'est pas à Pontelagoscuro que je vais vous aider à trouver mon père, tu répliques au bout d'un moment, énervé. De toute façon, je veux pas la vie de ma mère. Je peux pas rester à la regarder se détruire à force d'attendre un type qui en a rien à foutre d'elle. C'est pas une vie ! »

Comme s'il avait compris qu'il fallait laisser passer l'orage, Paul ne réagit pas.

« À moins, tu reprends, qu'elle ait des infos sur mon père ? C'est pour ça que vous voulez m'envoyer là-bas ?

– Non, il fait en secouant la tête, non... je ne veux pas *t'envoyer là-bas*. Et puis, en réalité, la seule personne susceptible de te donner des renseignements, ce n'est pas ta mère mais ta grand-mère. »

Ça te laisse sans voix pendant quelques secondes.

« Ma grand-mère ? tu finis par demander. Celle de Saint-Selve ? »

Il hésite puis confirme :

« Oui... On sait que ton père lui fait parvenir de l'argent régulièrement. Visiblement, ils arrivent à communiquer mais on ne sait pas par quel mode opératoire. »

Tu réfléchis quelques secondes.

« C'est à Saint-Selve qu'il faut que j'aille », tu lâches.

Il grimace.

« Je pense que l'urgence pour toi, c'est de reprendre pied. Tu ne veux pas d'établissement spécialisé ni rejoindre ta mère ? D'accord, mais alors tu dois te réinsérer dans la ville normale d'un garçon de dix-huit ans. La rentrée approche, ne la manque pas. Retourne au lycée. Je peux faire en sorte que tu sois logé et nourri par des gens de confiance, ici, à Biarritz. Ils t'aideront matériellement et moralement. »

Tu approuves mollement sans trop savoir si c'est ce que tu veux. La perspective de reprendre le lycée te séduit autant qu'elle t'angoisse. Tu n'as ni famille ni amis ici et voilà près d'un an que tu n'as pas ouvert un livre.

Paul te laisse son numéro de téléphone et un code pour le joindre. Il veillera sur toi à distance. Dans l'immédiat, il te « dépanne » de plusieurs milliers d'anciens francs et t'indique le nom et l'adresse des personnes susceptibles de t'accueillir.

« Laisse-moi une heure pour les prévenir et ensuite vas-y. Ils t'attendront. »

Tu le quittes avec un sentiment diffus de malaise, étonné qu'il ait si facilement accepté de t'aider sans exiger de contrepartie. Tu as braqué une station-service et, quarante-huit heures plus tard, tu recouvres la liberté ? Pas de poursuite, pas de suivi, juste ce contact à Biarritz ?

À peine sorti du commissariat, tu devines déjà des regards derrière toi. On t'observe.

Tu hésites sur l'attitude à adopter : suivre les directives de Paul et reprendre une vie normale ou te dissoudre à nouveau dans l'espace ?

Pour te laisser le temps de la réflexion, tu rejoins Biarritz.

La saison bat son plein, les touristes sont partout, Parisiens, Bordelais, Espagnols.

Le « contact » de Paul est un pasteur protestant qui habite avec sa femme une belle maison, rue Marie-Douce, non loin de la plage. Une plaque sur le mur indique qu'il s'agit d'un « foyer œcuménique ». Alors que tu t'apprêtes à sonner, la porte s'ouvre. Un homme sort. Même s'il porte désormais des lunettes et une moustache, tu le reconnais. C'est un jeune lieutenant déserteur que tu as croisé à Palma. Attila, le patron du *Granero*, avait tenu à ce que tu fasses sa connaissance : Michel. En te voyant, il est surpris et gêné. Il détourne la tête, évite ton regard et fuit à grandes enjambées. Tu te souviens qu'il a servi sous les ordres de ton père et tu as un moment d'angoisse. Est-ce qu'il est encore en relation avec lui et est-ce qu'il va le prévenir ? Tu fouilles dans ta mémoire. Les souvenirs te rassurent : il n'était pas dans l'Organisation et il n'aimait pas du tout ce que ton père est devenu.

Tu sonnes enfin à la porte. Le pasteur et sa femme t'accueillent avec gentillesse. Ils connaissent ton histoire. Tu voudrais faire bonne impression mais tu es maigre, maladif et mal fringué, la rue et la misère transpirent sur ton visage. Leur hospitalité te touche mais tu ne dis rien. Tu es devenu un enfant sauvage difficile à apprivoiser.

Quand ils te glissent qu'ils ont invité « pour l'apéritif » une « petite voisine » de ton âge, tu sors de ta torpeur. L'information suffit à te faire fantasmer, preuve que tu es, malgré tout, un adolescent comme un autre. Tu l'imagines belle et bienveillante, prête à t'aimer, le genre de fille sérieuse et équilibrée capable de faire de toi un garçon normal. En l'attendant, le pasteur et sa femme t'offrent à boire et te questionnent sur ton avenir. Tu éludes en évoquant le jeune lieutenant que tu as croisé sur le seuil. Ils te répondent, ennuyés : « Nous ne le connaissons pas. » « Il est passé demander de l'aide que nous n'avons pas pu lui fournir. » Tu n'insistes pas. Le pasteur s'empresse de fermer la parenthèse en revenant à ta situation, il te conseille, lui aussi, de te rescolariser dès la rentrée et est prêt à intervenir pour que tu aies une place au lycée à Biarritz. Tu approuves et remercies sans épiloguer.

Elle arrive enfin. À l'aise et à la mode. Une jeune femme, sans doute un peu plus âgée que toi : Lucille. Des cheveux blonds et de grands yeux sombres, une jupe courte, des jambes bronzées, un chemisier clair à travers lequel tu devines, ému, les formes d'un soutien-gorge. Des petits poils dorés recouvrent ses avant-bras noircis par le soleil. Tu sens ton cœur battre plus vite, tu as la gorge sèche. Elle te salue d'un sourire qui te semble ironique.

« Bonsoir monsieur », elle lance d'une voix claire et amusée.

Elle est la première fille de ton âge ou presque, que tu rencontres depuis huit mois et ça te met dans le même état de transe que celui des lycéens de Notre-Dame quand, au printemps, ils sortaient de leur bahut après des mois d'internat entre mecs.

Elle s'installe dans un fauteuil près de toi, croise ses longues jambes, plante ses yeux dans les tiens et lâche :

« On m'a dit qui était votre père mais je n'ai pas compris en revanche pourquoi vous aviez quitté Palma. Moi, si j'habitais Majorque, je crois que j'y resterais. »

Tu devines la malice, hésites.

« Je vous expliquerais bien mais je pense pas que ce soit le genre d'histoire qu'on raconte à une jeune fille, tu réponds.

– Voilà qui est très excitant, elle réplique en souriant. Je suis tout ouïe.

– Oh, je t'en prie, tu le mets mal à l'aise, intervient la femme du pasteur.

– C'est juste que c'est assez sordide et que j'ai peur de jeter un froid, tu rétorques.

– Je ne suis plus une petite fille, elle affirme sans plus sourire, et je suis navrée si je vous ai paru désinvolte. Votre histoire m'intéresse mais vous n'êtes évidemment pas obligé de nous la raconter.

– J'ai fui Palma parce que mon père avait corrigé un gars qui nous avait menacés, ma mère et moi.

– Corrigé, c'est-à-dire ?

– Deux balles dans la tête. »

Tu la vois frissonner. Un long silence suit. Tu la regardes plein d'un désir que tu essaies de cacher derrière un masque froid et détaché. Elle t'a séduit en deux sourires et quelques phrases. Tu as très envie de l'impressionner mais tu ne sais pas quoi dire ni quoi faire devant le pasteur et sa femme. Ils t'observent embarrassés et compatissants et, à travers leurs regards, tu mesures ce que tu es devenu : un ado hors cadre condamné à la marge.

Elle te sourit gentiment.

« Et votre mère ? Elle est restée là-bas ?

– Oui, enfin non... C'est compliqué... Apparemment, elle est partie... plus tard... Elle sait pas tout ça... Elle a jamais trop voulu savoir. J'étais pareil. C'est reposant, en réalité, de rien savoir. Ça permet de dormir tranquillement dans son lit, en face de la plage... »

Tu retiens ta colère parce que tu ne veux pas passer pour un dingue. Elle te regarde avec douceur, tu as réussi à l'émouvoir. Il ne te reste plus qu'à concrétiser mais tu es sans illusion : tu n'as ni le savoir-faire ni le standing pour la séduire. Elle représente tout ce que tu n'es pas et tout ce à quoi tu ne peux pas ou plus accéder. Peut-être est-ce pour ça qu'elle te fascine. Te revient soudain le dégoût qui t'avait pris devant l'image trop parfaite de la famille de Sofia Vesiani, miroir inversé de ta situation chaotique de fils de paria en cavale. La rage et l'amertume. Cette fois, tu retiens ces émotions. Tu refuses que ton père gâche aussi ce moment-là.

L'apéro s'achève rapidement, Lucille doit rejoindre sa mère. Elle te salue poliment et tu lis dans ses yeux la même bienveillance compatissante que tu percevais chez les jeunes femmes de Bayonne. Tu en es presque désespéré. Quelque chose dans son regard, comme une ombre, te fait alors comprendre qu'elle saisit ton abattement. Elle esquisse un sourire et cette fois, tu ne décèles aucune ironie. Elle s'éloigne ensuite, hésitante, en silence, et, après quelques mètres, revient sur ses pas pour te proposer de l'accompagner à la plage « demain ou un autre jour ». Tu acceptes avec un tel enthousiasme qu'elle en est gênée. Tu la regardes à nouveau s'éloigner à travers le jardin, heureux comme un gamin, puis tu te rappelles que tu n'as plus rien du nageur musclé et bronzé de la piscine du RUA. Tu es un ado malingre, usé, maladif, et c'est une jeune femme belle et inaccessible. Tu n'iras pas à la plage avec elle. Pas envie de te confronter à cette réalité. Tu ne la reverras pas, ou dans un avenir lointain, lorsque tu seras à la hauteur de sa beauté et de son charme, que tu ressembleras enfin à un adulte séduisant. Quand elle arrive sur le seuil de la porte, elle se retourne une dernière fois alors tu imprimes son visage et sa silhouette dans ta mémoire. Elle te fixe d'un regard profond et, de ses jolis doigts, te fait un gentil au revoir. Ta résolution de la fuir en prend un coup.

Tout te semble à nouveau très confus. Ton cœur bat très vite et tu n'arrives pas à arrêter de sourire. Tu te surprends même à rire. Tu dînes avec le pasteur et sa femme et tu bois, du gros rouge bien lourd et bien frais comme ta mère l'aime. Le souvenir de ton premier soir à Palma avec elle te revient. Tu ne l'as pas vue depuis plus de huit mois et tu n'as eu aucune nouvelle depuis Noël. Tu devrais en être chagriné mais tu ne parviens pas à être malheureux. Tu interroges tes hôtes sur Lucille. Tu es si insistant et passionné qu'ils finissent par éclater de rire.

Ensuite, après t'avoir montré ta chambre et souhaité bonne nuit, le pasteur te glisse, sur le ton de la confidence : « Ne dites rien à Paul pour le lieutenant. Ma maison est ouverte à tous, quels qu'ils soient, et je ne voudrais pas que ça change. »

La nuit est courte. Tu ne dors pas, trop excité par ta rencontre avec Lucille. Tu hésites entre la fuite salutaire et l'ébauche d'une relation sans espoir. Au matin, ta décision est prise : tu vas l'éviter. Tu t'es persuadé que, pour parvenir à la séduire, tu dois lui épargner le spectacle de ton physique maigre, sale, pâle et hirsute. Tu te promets de te remettre sans tarder à la natation, de bien te nourrir, de travailler et d'arrêter tes conneries pour, d'ici à la fin de l'été, devenir un jeune homme attirant. Mais avant que tu t'en ailles, le pasteur te propose un bain, du shampoing, un rasoir ; le début du luxe. Tu veux y voir un signe du destin, mais c'est un prétexte sur lequel tu te jettes pour renoncer aux promesses que tu viens de te faire. Attendre la fin de l'été pour revoir Lucille ? Ta résolution prend l'eau dans un bain de mousse. Après la toilette, tu te paies, avec l'argent de Paul, un passage chez le coiffeur, puis un pantalon, un polo et des tennis. Tu te sens renaître, neuf, propre, fort et tu cours chez Lucille. Elle habite, à quelques maisons du pasteur, un petit appartement dans un immeuble modeste au coin de la rue Marie-Douce et du passage Latuille. Elle n'est pas la petite bourge que tu avais imaginée et elle se moque de ta nouvelle apparence.

« J'ai pris l'apéro avec James Dean et je retrouve Jean-Louis Trintignant, elle lâche, amusée.

– Moi qui me prenais pour Marcello Mastroianni, tu répliques, si j'avais su...

– Ah oui, c'est ça ! Je me demandais où je t'avais vu ! Mais oui, *La Dolce Vita* ! C'est toi !

– Content d'avoir retrouvé mon Anita Ekberg... »

Elle rit. Il y a quelque chose entre vous, tu en es sûr désormais.

Comme tu refuses la plage, elle t'emmène en ville. Vous mangez des glaces devant le casino. Il fait beau et, pour la première fois depuis des mois, tu te sens heureux et détendu. Ton état fait resurgir soudain les jours passés à Palma avec Esteban, la même légèreté, l'optimisme fragile, l'euphorie retenue. Un nuage noir assombrit ton humeur alors que la mémoire te revient. Tu te retiens de pleurer. Tu avais enfoui Esteban au fond d'un tiroir de ta tête et tu éprouves soudain le remords de l'avoir trahi. Ta fuite éperdue n'était qu'un manque de courage : tu as abandonné ton ami parce que tu avais peur de ton père et de toi-même.

Le visage de Lucille se trouble, elle a vu l'ombre dans ton regard.

« Un problème ? » elle demande.

Tu es pris au dépourvu.
« Tu peux tout me dire, elle insiste.
– Je devrais pas être là, tu glisses, hésitant. J'ai abandonné ma mère alors qu'elle allait pas bien. J'aurais jamais dû quitter Palma. Je me sens coupable. »
Elle te prend la main. Tu sens ses doigts chauds contre les tiens et tu en éprouves une sensation presque érotique.
Elle te sourit.
« Si j'ai bien compris, elle lâche, et je crois que j'ai bien compris, le seul coupable dans cette histoire, c'est ton père. »
Tu as envie de te blottir contre elle mais tu sens que ce n'est pas ce qu'elle attend. Une fois de plus tu ne sais pas comment agir et une fois de plus tu es tenté par la fuite. Ce semblant de bonheur t'effraie. On ne t'a pas expliqué comment faire et tu as perdu depuis longtemps le sens des conventions sociales, de ce qui se fait et ce qui ne se fait pas.
« Quand je te vois et quand je t'entends, je me dis que, finalement, j'ai quand même bien fait de quitter Palma. »
Elle sourit gentiment mais tu décèles à nouveau un rien d'ironie dans son expression. Tes mots t'apparaissent du coup naïfs et puérils. Comment, toi qui es livré à toi-même depuis des mois, tu peux sortir de telles niaiseries ? Elle espérait James Dean et tu la prends pour Sissi.
« Je veux dire, tu te reprends, que jusqu'à maintenant, il m'est arrivé tellement d'emmerdements que je voyais vraiment pas l'intérêt d'avoir quitté Palma. J'ai fui les ennuis pour en trouver d'autres... Tu es la seule rencontre agréable de tout mon périple. »
Elle semble plus intéressée.
« Pourquoi est-ce que tu es venu par ici ? C'est le hasard ?
– Je suis rentré en France clandestinement grâce à des militants basques antifranquistes, tu réponds, cherchant à l'impressionner. C'est eux qui m'ont amené ici, c'est leur filière.

– Tu es passé par où ?
– Ma foi, je sais pas trop. Par la montagne, à pied, enfin en partie. »

Tu as ce réflexe de fugitif de ne pas répondre aux questions trop précises. Depuis Palma, tu as appris à te méfier de tout et de n'importe qui. Tu as le sentiment d'en avoir encore trop dit parce que tu ne sais rien d'elle sinon que le pasteur te l'a mise dans les pattes. Qui sait si elle n'est pas chargée de te surveiller ? Qui sait si Paul n'est pas derrière tout ça ?

Tu la regardes avec moins de naïveté. Son intérêt pour le paumé que tu es te semble soudain louche. Est-ce qu'une belle fille comme elle peut être troublée par un garçon comme toi ? Tu n'en as aucune idée alors tu observes autour de toi les ados qui déambulent. Aucun ne te ressemble mais aucun n'est différent : même coupe de cheveux, mêmes fringues, même désir de plaire, même volonté de profiter du moment, de la plage, de la chaleur.

Elle a lâché ta main et scrute ton visage. Tu as l'impression qu'elle lit dans tes pensées.

« Je vois plein de nuages sombres dans tes yeux, elle lâche. C'est quand même dommage par un temps pareil ! »

Elle est légère et gaie et tu te sens d'autant plus lourd et grave.

Tu lui souris.

« Je suis navré, j'ai pas mal de problèmes à régler avant de redevenir un garçon sociable... C'est comme si j'arrivais d'un long voyage et que j'avais du mal à me réhabituer à la vie normale...
– Ça ne fait rien, tu sais, je ne suis pas en mal de relations, elle réplique. Est-ce que tu connais *Sur la route*, de Jack Kerouac ?
– Je crois pas, tu avoues timidement.
– C'est un livre américain, un type qui passe sa vie à voyager entre la côte est et la côte ouest des États-Unis. Je vais te l'acheter ! Tu verras, ça donnera du sens à ton voyage ! C'est chouette,

tu sais, parfois, de tracer sa route sans se préoccuper d'où elle va. Tu es beaucoup plus libre que tu crois, beaucoup plus libre que moi, en fait. Profites-en ! »

Ses mots te laissent sans voix. Libre, toi ? Tu n'y as jamais réfléchi.

« Je sais pas si on peut vraiment dire que je voyage..., tu lui avoues. Je traîne depuis des mois à Bayonne. J'ai fait beaucoup de surplace. C'est pas vraiment la traversée des États-Unis !

– Kerouac aussi, tu sais, a beaucoup traîné avant de se lancer... mais moi, je te vois bien... Oui, tu es fait pour la route. Tu es le Jack Kerouac de la Côte ! Fonce ! »

Le libraire n'a pas *Sur la route* alors Lucille va chercher son exemplaire et te l'offre.

« Lis-le et puis ramène-le-moi quand tu auras fini ton voyage », elle te lance en riant.

Tu la quittes dans un état second. Ses propos t'ont déstabilisé, ses conseils t'ont secoué. Elle te pousse à partir. Si elle avait raison ?

Dans la nuit, tu dévores le bouquin. Tu es fasciné par l'idée de voyage et d'exil, le mouvement permanent. Partir, bien sûr, sans attache ni sensiblerie, mettre des milliers de kilomètres entre ton père et toi, entre tes emmerdes et toi, entre tes souvenirs et toi. L'hypothèse te séduit. Tu te vois dans le rôle de Kerouac, jeune oisif insouciant, allant de soirée en fête, de boîte en bar, vivant de rien et profitant de tout.

À l'aube, toujours éveillé, tu commences à y penser sérieusement. Oui, pourquoi ne pas fuir pour de bon ? Repartir à zéro et tout effacer. Tu t'endors sur cette perspective mais à ton réveil tu reviens à la réalité. La vie n'est pas un roman américain et ton avenir ne peut pas dépendre des rêves inassouvis d'une fille que tu connais à peine.

Tu as promis à Paul d'arrêter tes conneries et voilà que, dès la première rencontre, tu es prêt à te perdre à nouveau ? La fuite n'est pas une option, tu le sais. Tu as l'opportunité de reprendre tes études et de te réinsérer dans une vie normale, tu ne dois pas la gâcher. Hors de question de toute façon de laisser ton père en paix. Ton présent est aussi là : dans la traque du Capitaine.

Lucille ? Bien sûr, tu risques de la décevoir. Tu n'es pas « le Kerouac de la Côte » et tu reviens de trop loin pour te risquer à jouer les voyageurs sans but ni destination. Rester à Biarritz a un avantage : tu pourras tenter de la séduire sans t'obliger à être ce que tu n'es pas. C'est peut-être ce qui te fait peur.

Quand elle passe dans l'après-midi, chez le pasteur, pour « voir si tu es encore là », elle se moque de ton inertie :

« Tu as déjà fait trois pas depuis ta chambre, ton voyage est en bonne voie ! »

Puis :

« Si tu cherches ton chemin, tu n'as qu'à regarder la mer. L'Amérique est juste en face. »

Tu te sens obligé de te justifier.

« Je suis pas majeur, je dois aller faire signer l'autorisation à ma grand-mère, en Gironde. »

Tu as inventé ça pour qu'elle te foute la paix avec ses histoires de voyage mais elle s'en empare :

« Ta grand-mère vit en Gironde ? C'est la mère de ton père ? Elle habite où exactement ? »

Plus tu lui fournis de détails et plus elle t'en demande.

« Tu pars quand ? Tu restes combien de temps ? Tu y vas comment ? »

Enferré dans ton mensonge, tu es mal à l'aise et hésitant, elle le sent. Elle semble à la fois gênée et agacée. Une ombre se pose entre vous. Le bonheur que tu as ressenti en la retrouvant s'estompe. Tu as envie de fuir et tu la devines, de son côté, impatiente de s'échapper. Vous vous séparez rapidement sans chaleur ni promesse. Tu restes seul, pétrifié par cette drôle d'entrevue qui a, soudain, fissuré votre complicité.

Est-ce pour cette raison que tu décides d'aller pour de bon à Saint-Selve ? Prouver à Lucille que tu ne lui as pas menti ? Ou est-ce que l'idée trottait dans ta tête depuis ton entrevue avec Paul ?

Le lendemain matin tu prends le train pour Bordeaux et de là un bus pour Saint-Selve. Tu passes ton voyage à tenter de retrouver les souvenirs liés à ta grand-mère et à sa maison. Tout est flou. Te reviennent un semblant de visage, un grenier rempli de malles, une histoire de piqûre de guêpe, quelques mots tendres et des photos d'ancêtres. L'église, le monument aux morts et un vieux moulin à eau au bord d'une rivière où ta grand-mère disait avoir grandi. Les souvenirs te permettent de repousser l'angoisse mais plus tu approches plus tu paniques. La peur, en réalité, ne t'a jamais quitté depuis Palma. Tu arrives à Saint-Selve dans l'après-midi, inquiet et fébrile. Tu rases les murs. Il fait chaud, le village est désert. Tu ne reconnais rien. Laquelle de ces maisons abrite ta grand-mère ? Tu lis en passant, discrètement, les noms de famille sur les portes et les boîtes aux lettres. Tu ne trouves pas le tien. Tu tournes en rond. Un homme surgit d'un porche et vient à ta rencontre avec un air hostile. Tu prends peur et tu fuis. Au bout de la rue, il y a un pont sur la rivière. Tu repenses au vieux moulin et tu décides de suivre le cours d'eau. Qui sait si ta grand-mère n'est pas, par cette chaude après-midi d'été, allée prendre le frais dans la maison de son enfance ? Tu te persuades que ton instinct ou quelque chose comme une réminiscence du passé te guide mais tu te balades longtemps sans trouver de moulin. Après avoir descendu la rivière, tu la remontes. La marche est pénible, le lit est étroit, les herbes hautes, les arbres et les buissons touffus.

Il y a des orties et des ronces. Ensuite l'espace se dégage, l'eau traverse des champs. Bientôt tu aperçois une bâtisse et tu reprends espoir. Tu trouves un chemin. La maison est proche, elle ressemble vaguement au souvenir que tu en as. Tu devines les formes d'une roue à aubes. Et d'une voiture noire garée de l'autre côté. Sa carrosserie scintille au soleil. Elle paraît neuve et propre et tranche avec l'aspect délabré du moulin en pierre. Tu t'arrêtes, respires. Est-ce qu'il est bien prudent de t'approcher ? Tu hésites, fais quelques pas encore, scrutes attentivement la voiture et la bâtisse. Bien calé entre les deux, apparaît la silhouette d'un homme. Il est face à toi, immobile, et t'observe avec des jumelles. Petit, carré, chauve, en chemise, il a l'allure de Tommy le Dingue. Il baisse ses jumelles. C'est Tommy le Dingue. Il te regarde un court instant puis rejoint d'un pas décidé la voiture. Tu pars en courant dans la direction opposée. Tu entends dans ton dos le bruit du moteur qui démarre alors tu fonces vers la rivière et te jettes dedans. Tu nages dans le courant en restant près du bord pour ne pas être vu depuis le champ en surplomb. Ton corps racle le fond, ta tête se cogne aux branches, ton sac s'accroche à un buisson. Après de longues minutes, tu t'immobilises, essoufflé. Bien caché par les herbes, tu tends l'oreille. Tu n'entends rien : ni bruit de moteur, ni pas d'homme, ni détonation. Tu te remets à descendre prudemment la rivière, lentement, l'œil et l'oreille à l'affût. Un temps infini s'écoule avant que tu ne sortes de l'eau, épuisé et frissonnant. Tu rejoins un bois à l'extérieur de Saint-Selve et, dans une clairière, tu te fais sécher au soleil, encore apeuré par ta course. Plus tard tu explores les environs et découvres un chemin de campagne que tu décides de suivre une fois la nuit venue. Tu cours ensuite le long d'une départementale et, à l'entrée d'un village, tu te réfugies dans une station-service. Il y a un téléphone sur lequel tu te précipites pour appeler Paul mais en décrochant l'appareil tu te ravises. S'il capture Tommy, tu ne donnes pas cher de ta peau. L'acolyte de ton père t'a vu et il n'est pas du genre à pardonner ceux qui l'ont dénoncé. Mieux vaut bien réfléchir avant de prendre une décision. Tu essaies de retrouver ton calme et d'ordonner tes idées. Tu t'achètes un Coca, te poses un moment, tentes de faire le vide, reprends les événements un à un pour agir au plus vite. Tu sais que chaque minute qui passe est une aubaine pour Tommy. Tu as le sentiment de trahir Paul. Tu observes le téléphone, souffles, hésites. Des étudiants à bord d'une Ami 6 s'arrêtent faire le plein et s'inquiètent de ton état :

« Est-ce qu'on peut te déposer quelque part ?

– Emmenez-moi le plus loin possible », tu implores.

19

Tu as dix-neuf ans sur ta planche au milieu de l'immensité océane.

Souvenir d'une journée chaude et ensoleillée de juillet et du plaisir solitaire du surfeur affûté que tu es devenu.

Tu es en quête de paix. L'océan te ballotte mais tu parviens à prendre le dessus.

Tu habites au cœur d'une immense forêt de pins, dans une des cabanes que des surfeurs ont construites pour passer la saison. Les étudiants rencontrés sur la route près de Saint-Selve t'ont initié à ce sport étrange venu de Californie et à la philosophie qui va avec : marginalité, communautarisme et marijuana. *Sea, sex and surf*. La plupart des gens qui vivent là sont de jeunes Américains contestataires, chevelus et barbus, ayant fui l'*american way of life*. Ils ne te posent pas de questions et ils ne savent pas qui tu es, d'où tu viens et ce que fait ton père.

Dans l'aube naissante, ballotté par la houle, tu observes leurs silhouettes gracieuses danser sur les vagues. Cette vision t'apaise parce qu'elle est sans violence ni menace et qu'elle ne te ramène à rien de connu ou vécu. Tu aimes la confrontation avec l'océan, la solitude qu'elle te procure, la fatigue qu'elle fait naître et qui te laisse épuisé et vide.

Après l'épisode de Saint-Selve, tu étais en quête d'un lieu refuge où ton père, Tommy et les autres ne pourraient pas t'atteindre. Ce « village » hors du monde a été ta providence. Il t'a permis d'effacer toute trace derrière toi. Tu as beau n'être qu'à quelques encablures de Bayonne, tu te sens, terré dans la forêt des Landes, en sécurité. Tu l'imagines comme une parenthèse enchantée dont tu te promets, dans un avenir indéfini, de sortir pour reprendre tes études.

Ces mois d'apaisement te poussent à renouer avec ta mère. Tu lui écris puis tu l'appelles et tu t'enhardis même à aller à Ferrare fêter avec elle tes dix-neuf ans. Ton périple dure près de vingt-quatre heures mais tu ne trouves pas le temps long, tu te nourris d'un monde inconnu que tu observes de loin, à distance, sans le craindre. La succession de trains omnibus et le va-et-vient des voyageurs te permettent d'affronter la foule sans inquiétude. Tu guettes, toujours à l'affût, les regards mais tu n'y décèles plus de lueur menaçante. Au cœur de la nuit, dans un compartiment vide du train filant, fenêtres ouvertes, vers Bologne, tu as le sentiment furtif mais marquant qu'en rejoignant ta mère, tu rentres enfin chez toi.

Le retour vers un domicile familial fait cependant resurgir l'ombre de ton père. Tu le sais quelque part dans un coin de ville, actif et inquiétant, éternel combattant de causes perdues et de complots dérisoires. Qui sait s'il n'a pas rejoint Ferrare lui aussi ? Tu ne te sens pas la force de l'affronter.

Tu arrives à destination dans la nuit et tu marches longtemps pour trouver le courage d'aller sonner chez ta mère. La honte et le remords te submergent : tu l'as abandonnée et tu as mis plus d'une année à venir la rejoindre.

Te voilà via Pentimento. Elle a grandi là, elle te l'a raconté, une fois, un soir de mélancolie : Pontelagoscuro, faubourg ouvrier et industriel de Ferrare, enfance pauvre sous le fascisme, père communiste déporté aux îles Lipari, un monde triste et âpre, comme une blessure dont elle n'aime pas parler.

Tu passes la nuit dehors puis tu lui téléphones au matin de la poste centrale pour t'assurer que ton père n'est pas là. Elle s'agace de ta démarche. Elle t'en veut d'autant plus qu'elle ne l'a plus revu depuis Palma.

« Il est comme toi, elle fait, amère, il m'a abandonnée. »

Elle t'accueille avec émotion mais sans effusion. Tu la trouves vieillie et mal apprêtée comme si elle avait perdu l'espoir de voir revenir ton père. Tu sens ses reproches dans ses mots et dans ses gestes. Elle ne te prend pas dans ses bras, elle t'appelle par ton prénom, elle te regarde comme un adulte. Sa solitude et ta désertion reviennent souvent dans ses propos. Elle compare à plusieurs reprises ton attitude à celle de ton père. Vous étiez sa famille, elle te glisse, et aujourd'hui elle n'a plus que sa sœur, son père et sa mère.

« Je croyais avoir passé l'âge de retourner chez mes parents, elle lâche, mais ce sont les seuls sur lesquels je peux compter. »

Elle se barricade dans sa position de femme abandonnée, victime consentante et autoproclamée d'un homme qu'elle refuse de condamner. À quarante berges, elle vit encore dans l'attente qu'elle sait sans issue, comme une jeune veuve qui aurait renoncé à son existence de femme.

Elle survit en enseignant le français dans une institution privée. Le petit appart qu'elle occupe près de celui de ses parents te fait penser au meublé de Palma. Il n'y a rien d'elle. Il te donne l'impression qu'elle vit en transit. L'atmosphère brumeuse et humide dégagée par le Pô achève le tableau d'une existence que tu ne veux pas partager et dont tu refuses d'être le témoin.

Elle ne te propose pas de rester. Tu dors chez tes grands-parents que tu connais peu et avec qui tu as du mal à communiquer. Tu sens, dans leurs yeux aussi, le poids des reproches.

« Ils n'aiment pas ton père », te glisse ta mère en guise d'explication. Entre deux cours, elle t'entraîne dans des promenades au bord du fleuve, « grand comme un lac », elle évoque des souvenirs de crues et de brumes, trois fois rien, qui te servent de passé. Plus tu t'imprègnes de cette ville et plus tu t'en sens étranger. Ta place n'est pas là.

Ta mère te fait promettre de revenir la voir à Noël mais l'Italie est loin. Tu n'es pas Kerouac et, surtout, tu n'es toujours pas majeur ; tu n'es pas libre de tes mouvements. Tu promets quand même. Puis tu falsifies l'autorisation maternelle de sortie du territoire pour pouvoir d'Italie te rendre en Espagne. Les frontières constituent pour toi une étape compliquée : ton nom - celui de ton père - est inscrit sur des listes et entraîne de longues vérifications. Tu restes coincé une journée entière à Vintimille. L'entrée en Espagne est plus facile, ton patronyme servant, cette fois, de caution morale auprès des autorités franquistes. Tu fais un détour de cinq cents kilomètres pour tenter de revoir Esteban.

Tu arrives fiévreux et anxieux à Barcelone mais, presque deux ans après votre rencontre, son nom n'est plus inscrit sur la boîte aux lettres du 18, Carrer de Venero. Tu en ressens une profonde déception mais aussi un bizarre sentiment de soulagement. Si les missives que tu lui as écrites depuis le début de l'année sont restées sans réponse, c'est qu'elles ne lui sont pas parvenues.

Tu montes quand même au « 2e droite » avec une boule au ventre, mélange d'espoir et d'angoisse. Un jeune t'ouvre mais ce n'est pas Sergi. Quand tu demandes après lui, le gars se montre méfiant. Tu répètes ce que tu as dit lors de ta première visite :

« Je suis un ami d'Esteban ».

Ça ne le rend pas plus accueillant. Il te demande d'où tu viens, tu réponds :

« Pays basque français. »

Il a l'air embarrassé et te chuchote :

« Je peux rien pour toi, l'appartement est surveillé.

– Est-ce que tu sais où je pourrais trouver Esteban ? tu tentes.

– Je connais personne de ce nom-là. »

Tu traînes toute une journée et toute une nuit dans Barcelone pour essayer de le croiser. L'université est déserte, les étudiants en vacances et Esteban quelque part entre Majorque et n'importe quelle destination. Tu marches longtemps à la recherche d'un indice. Tu ne peux pas te résoudre à abandonner mais les heures solitaires au cœur de la nuit dans la ville agitée ravivent les souvenirs sombres de tes errances chaotiques. Tu es abordé par des marins avinés et par des clodos agressifs. Des ombres menaçantes t'empêchent de fermer l'œil. Tu en vois partout. Tu as peur à nouveau. De ton père, de Tommy le Dingue, de Guérin-Sérac, des autres et de toi-même. L'apaisement connu sur la plage au milieu des surfeurs se dissout alors tu décides de rentrer sans tarder à Bayonne. Des touristes, rencontrés dans un bar, te ramènent en France. Ils te laissent à la frontière du Perthus quand, après de longues minutes d'attente, ils comprennent que tu n'es pas un voyageur ordinaire. Il est tard, les passages sont rares et les douaniers n'ont pas besoin de consulter de listes pour s'arrêter sur ton nom. Trop longtemps sans doute qu'on le leur a mis dans la tête. Dans ce contexte, falsifier un document administratif n'était pas une bonne idée. Tu ne trouves pas d'autres solutions que de donner, une fois plus, le nom du commissaire Baroin alias « Paul ». Il ne se déplace pas et il ne prend pas la peine de te parler au téléphone. Tu devines qu'il n'apprécie pas ton appel au secours après des mois de silence mais son intervention permet de te faire libérer sans délai.

Tu te promets de ne plus jamais franchir la frontière espagnole ni aucune autre frontière avant ta majorité. Les vagues des

Landes et du Pays basque te servent de refuge. Tu n'as besoin ni de papier ni d'autorisation.

Tu ne parviens pas pourtant à retrouver l'apaisement d'avant ton périple. Tu te méfies désormais des surfeurs et de leurs pulsions. Les filles sont rares et, s'ils semblent avoir renoncé à tout, ils paraissent souvent en manque : de bouffe, d'alcool, de femmes et de dope. Certains se montrent curieux, t'interrogent sur ton absence et tes origines. Ça t'inquiète et te pousse à garder tes distances. Tu vis parmi eux mais pas avec eux.

Tu repenses à Lucille. Elle devient pour toi le symbole d'un avenir auquel tu n'oses pas croire mais que tu espères malgré tout. Longtemps après votre rencontre, tu fais d'elle, même si tu ne l'as pas revue, la femme de ta vie, celle qui, une fois passées tes années de galère, sera à tes côtés, celle qui t'aidera à t'insérer, à t'apaiser, à t'aimer, à construire une existence normale, sans faille ni chaos, celle avec qui tu bâtiras une famille, banale et sans histoire, celle qui, en t'attendant, amoureuse, dans votre petit pavillon de banlieue, colmatera les brèches qui fissurent ton présent.

Tu n'oses pas l'approcher. Tu as peur de lui avouer que ta « route » s'est arrêtée à quelques kilomètres de Biarritz. Tu n'es pas à la hauteur de ses attentes et tu ne veux pas la décevoir. Avec son ironie coupante, elle aura vite fait de mettre à nu la personne que tu es : un paumé sans repère ni courage. Tu dois rester à ses yeux un apprenti Kerouac, adepte de la route, en partance vers l'aventure.

Tu lui écris. Aucune réponse ne te parvient mais tu ne sais pas si c'est parce qu'elle ne veut pas t'en donner ou parce que le courrier se perd dans le « village ». Tu te décides à aller la voir. Tu la guettes autour de la rue Marie-Douce, mais elle n'apparaît pas. Tu n'oses pas sonner chez elle alors, sans trop savoir pourquoi, tu te rends tardivement chez le pasteur. Il vient t'ouvrir. Il est surpris mais t'accueille avec gentillesse.

« Nous avions perdu l'espoir de vous revoir, il te glisse.
– Je mets un vrai acharnement à décevoir les gens, tu réponds. Et malheureusement, j'ai aucune excuse. »
Ça le fait sourire.
« Notre porte est toujours ouverte, il lâche.
– Je fais que passer.
– Laissez ça à ceux qui sont en fuite, il fait, et venez boire un verre. »
Tu acceptes mais tu es mal à l'aise. Tu devines qu'il décèle en toi les signes inquiétants d'un comportement *borderline*.
« Paul s'inquiète pour vous, il te lance.
– Je suppose qu'avec son réseau d'informateurs, il me suit à la trace.
– Peut-être pas jusque-là, non, il rectifie. D'ailleurs, vous savez, il est difficile de suivre quelqu'un qui n'a pas d'existence légale. Il laisse peu d'indices. Nous vous pensions loin d'ici avec cette histoire à la frontière espagnole... Et vous revoilà. »
Il t'apprend que Lucille travaille durant l'été dans un bar de la plage pour financer ses études. Elle est d'une famille très modeste : sa mère est ouvrière, réfugiée basque espagnole, déportée pendant l'Occupation, et son père est mort quand elle était petite. Elle fait des études de comptabilité à Bordeaux.
« Vous devriez songer à vous y remettre, vous aussi, à vos études, il te glisse.
– J'ai arrêté depuis tellement longtemps, tu réponds.
– Ce n'est pas un problème. »
Tu t'échappes rapidement parce que tu as le sentiment d'étouffer. Plus loin dans une rue, pour des raisons que tu ignores, tu te saisis d'un pavé qui traîne et tu t'acharnes sur une DS flambant neuve. La rage te submerge. Tu t'enfuis vers la plage. Là, encore tremblant et transpirant, tu tombes sur Lucille. Tu en es bouleversé. Elle paraît surprise mais heureuse de te voir.

« Je te croyais en Amérique, elle te lance, amusée. Tu n'es pas allé rejoindre Jack Kerouac ?

– Si, tu réponds dans un sourire, mais disons que comme il est tout le temps sur la route, j'ai pas réussi à le trouver... Alors je suis revenu.

– Je ne sais pas si c'est une bonne idée, elle rétorque. Ici, tu sais, c'est toujours le même ennui. »

Tu la retrouves telle que tu l'as quittée, blonde, bronzée. Elle porte une jolie robe rose à la Jackie Kennedy.

Tu t'inventes un périple au fin fond des États-Unis puis tu évoques le « village » et son troupeau d'Américains marginaux avec lesquels tu vis. Tu arranges l'histoire : tu lui fais croire que tu as créé ce hameau avec des « Amerloques » rencontrés aux « States ». Elle semble intriguée par ce monde qui te rend différent. Tu comprends qu'elle rêve de s'évader de son petit univers et que tu es, à ses yeux, porteur de cette folie qu'elle attend autant qu'elle redoute. Tu ne lui parles ni du pasteur, ni de ta visite, ni de tes lettres. Quand tu lui proposes de lui faire découvrir ton hameau de surfeurs, elle accepte sans hésiter.

Au « village », tu la devines effrayée et fascinée. Tu essaies de te hisser à la hauteur du héros décalé qu'elle semble chercher afin de lui faire oublier le garçon immature dont elle a gardé le souvenir. Mais si tu es, à ses yeux, un Kerouac de substitution, elle est pour toi un fantasme d'ado. Tu t'imprègnes de ses lèvres carmin sur lesquelles se promène, par moments, le bout de sa langue rose, des jolies courbes de ses seins entraperçues à travers le tissu fin, du haut de ses cuisses lisses que sa robe courte dévoile au moindre mouvement et dont tu espères, à chaque fois, voir davantage. La fièvre que tu ressens te renvoie à ta prime adolescence, au temps du collège, des caresses et de Sofia Vesiani. Naïf et rêveur, tu es en quête d'absolu. L'amour auquel tu aspires est digne d'un conte de fées comme si, tout à coup, la peur, la violence et la honte n'avaient pas broyé tes désirs et que le passé pouvait te servir de présent. Elle est ta belle au bois dormant, tu es le prince charmant, vous allez vous marier et vous aurez beaucoup d'enfants... Tu te refrènes pour ne pas passer, une fois de plus, pour un gamin stupide mais tu prends un plaisir infini à retrouver l'innocence de tes années collège. Tu n'oses rien. Tu ne veux pas rompre le charme.

Le surf - ou les surfeurs - la fascine, alors tu lui apprends les rudiments. Elle se montre dégourdie et déterminée. Tu observes à la dérobée ses fesses et ses seins sous le maillot tendu. Sous prétexte de l'aider, tu touches sa peau, frôles ses cuisses et te colles à elle. Elle prend sa première vague, rit de sa première chute, s'extasie de la première sensation de glisse.

Vous passez votre soirée sur la plage, loin du groupe. Tu la maintiens à distance des autres parce que tu te méfies de leur réaction et que tu appréhendes la sienne. Tu l'as attirée au « village » en vantant l'aspect communautaire mais tu n'as pas l'intention de la partager. Tu fais traîner le dîner afin qu'elle n'ait pas la possibilité de rentrer sur Biarritz avant l'aube. Elle ne semble pas s'en soucier. Légère et détendue, elle te parle comme à un vieux copain. Elle a plein d'anecdotes sur les clients qu'elle sert, ses mois à Bordeaux, la vie étudiante, ce monde réel que tu ne connais pas. Tu écoutes en souriant, tu interviens peu, tu attends le moment où, à la nuit tombée, ivre d'alcool, d'océan et de marijuana, tu seras, enfin débarrassé de tes inhibitions, capable de la serrer dans tes bras.

Assise sur le sable en face de toi, elle est amicale mais détachée. Elle te pose des questions sur ton père. Tu réponds à peine. Pourquoi parler des sujets qui fâchent ? Parce qu'elle connaît un jeune lieutenant déserteur qui a combattu sous ses ordres.

« Il se souvient de toi, elle ajoute, il t'a rencontré dans un bar à Palma. Il s'appelle Michel. »

Michel ? Ça t'arrache un sourire. Tu as la sensation que vous suivez, toi et lui, des chemins parallèles. Quelque chose dans le ton de Lucille attire ton attention : une intonation suspecte à laquelle s'ajoutent le temps qu'elle passe à évoquer ce type et la façon dont elle en parle. Rien de précis, suffisamment pourtant pour te faire comprendre son intérêt et te pousser à réagir.

« Ah, oui, tu fais, le lieutenant pleurnichard, je vois très bien.

– Pleurnichard ? elle répète, surprise. Pourquoi tu dis ça ?

– Il arrêtait pas de chouiner parce qu'il avait pas vu sa maman depuis trois mois. C'est un gamin qui s'est pris pour un rebelle. »

Son visage se ferme, elle n'apprécie pas. Ça attise tes craintes. Tu te souviens alors que Michel t'avait parlé d'une jeune femme dont il était amoureux. Lucille ? Tu essaies de te rassurer : pourquoi ne serait-il pas qu'une vague relation à laquelle elle n'attache que peu d'importance ? Parce qu'il a au moins vingt-cinq ans, qu'il a fait la guerre, connu la clandestinité et brûlé sa vie, qu'il correspond beaucoup mieux que toi à l'image du héros marginal qu'elle admire.

Tu bois et tu fumes pour ne plus y penser.

Quand elle manifeste l'envie d'aller dormir, tu es déjà loin dans ta brume. Il est tard, il fait sombre, tu la ramènes jusqu'à ta cabane. Tu tentes vaguement de l'embrasser. Elle te repousse, elle n'est pas une fille « comme ça », tu n'es de toute façon plus en état d'entreprendre quoi que ce soit. Elle te caresse la joue pour t'apaiser.

« C'est pas grave », elle fait. Tu ne sais pas si elle parle de tes avances maladroites ou de ton amour sans issue. Vous vous endormez l'un près de l'autre.

Au matin, tu la ramènes à Biarritz. Elle est gaie et légère comme si votre histoire n'avait rien de sérieux et que ta tentative n'était que le geste anodin d'un gamin éméché.

En arrivant, elle te dit : « J'espère qu'on va passer d'autres journées comme ça ! Est-ce que tu veux bien encore me donner des cours de surf ? »

Tu as quelques fractions de seconde pour décider si tu acceptes une relation amicale ou s'il vaut mieux cesser tout contact. Tu saisis sa main tendue. Un reste de naïveté te pousse à croire que tu peux encore arriver à la conquérir ou que, peut-être, tu as mal interprété son attitude.

Quand elle revient au « village », tu comprends que tu ne t'es pas trompé. Elle a toujours cette même manière d'être, légère et détachée, cette façon de te faire sentir que tu n'es qu'un ado quand elle est une jeune femme. Tu devines pourtant qu'elle est sensible à ton regard qui se pose sur les lignes de son corps. Ton admiration la flatte. Se sentir désirée la rassure sur sa beauté et son charme. Tu te demandes même si elle n'y puise pas l'assurance nécessaire pour séduire le lieutenant plus âgé face auquel elle ne se sent peut-être qu'une gamine.

Elle revient « prendre des cours de surf ». Tu passes de longues journées avec elle. Sa place dans ton existence devient essentielle alors que votre relation n'évolue pas. Elle te parle beaucoup du lieutenant, où il vit, ce qu'il fait. Il va de planque en planque et enseigne dans des institutions catholiques. Elle semble l'attendre sans même savoir s'il a d'autres femmes dans sa vie. Tu devines que rien de concret n'existe encore entre eux. Et tu sais que le jour où ça arrivera, tu ne la reverras plus.

Tu savoures la complicité amicale qu'elle t'offre. L'écouter et la regarder te remplit d'un bonheur limité mais précieux. Dans la vase de ton existence, sa présence te ramène à la vie, sa personnalité positive t'apaise.

Tu la prends par les épaules, tu passes tes doigts sur ses bras ou tu poses un baiser sur sa joue. Tu lui fais des compliments. Elle s'en amuse, joue un peu avec toi puis restaure les barrières.

Comme elle te devine blessé et déçu, elle te flatte, te qualifie de « joli garçon », « attachant et séduisant », et même si tu sais que ce ne sont que des mots de consolation, ils soignent ton orgueil mis à mal. Ils entretiennent l'espoir qu'un jour, pas si lointain peut-être, elle se laissera séduire par « le joli garçon ».

Le soir, après son départ, tu es frustré de ne pas avoir réussi à faire évoluer son attitude. Tu lui en veux. Sa façon de jouer avec tes désirs t'exaspère. Tu prends la résolution de ne plus la voir puis tu te ravises.

Un jour de mi-septembre, tu comprends que la fin est proche. Le lieutenant n'est plus un sujet de conversation. Tu devrais t'en réjouir mais tu n'es plus un ado naïf aveuglé par la passion. Tu sais que si elle n'en parle plus, c'est qu'il n'est plus cet objet de désir et d'amour fantasmé. Il est dans sa vie, là, avec elle. Elle t'explique que la rentrée approche et qu'il est temps pour elle de renoncer à la plage et au surf. Elle te promet de revenir aux prochaines vacances, de t'écrire et de t'inviter un jour à Bordeaux. Tu n'en crois pas un mot. Tu vis son départ comme un chagrin d'amour.

Tu la guettes et tu l'espionnes. Elle prend beaucoup de précautions non pas à cause de toi mais parce que le lieutenant vit toujours dans la clandestinité. Tu as l'idée un moment d'appeler Paul pour le faire arrêter. Tu y penses d'autant plus que ce serait pour toi le moyen de renouer, après des mois de silence, avec celui qui t'a sorti de l'écume. Tu as une dette envers lui ? Tu lui offres Michel. Ce n'est ni ton père, ni Tommy, ni Guérin-Sérac mais c'est la marque de ta bonne volonté. Dans un premier temps, la peur que Lucille soit elle aussi impliquée ou poursuivie te freine. Ensuite tu retrouves tes esprits : l'amour t'aveugle, tu n'es pas une balance et tu ne veux pas de mal au « lieutenant pleurnichard ».

Tu rentres au « village » et tu t'y calfeutres. Tes incursions en ville ont fait renaître la peur insidieuse et le sentiment d'insécurité. Elles t'ont replacé dans le présent. La « parenthèse enchantée » est finie : Lucille t'a échappé. Tu ressasses : coupable de fuir Paul, de n'être pas resté avec ta mère, de n'avoir pas dénoncé Tommy, de ne pas chercher ton père et d'oublier Esteban.

Le spectacle de ta lâcheté te fait mal. Ça ne te ressemble pas mais, affaibli par ton chagrin, tu n'as pas la force de lutter. Tu te réfugies auprès des surfeurs même si tu as fait le constat qu'ils ne sont d'aucune aide. Beaucoup sont partis. D'autres, pour qui le surf est devenu moins important que la dope, les ont remplacés. Le « village » est surnommé « défonce plage ». Pour pouvoir y dormir et y bouffer, il faut désormais payer sa part en allant dealer en ville de la poudre que des Américains se font envoyer de Cuba. Tu renâcles mais tu as besoin, comme les autres, d'herbe et d'alcool. Tu renoues avec le Bayonne nocturne que tu as connu et tu as, plus que jamais, le sentiment de gâcher ta vie. Il devrait te pousser à sortir de la nasse, il t'enfonce un peu plus comme une spirale infernale. Tu t'abrutis de vodka et de marijuana. Le désenchantement, les failles et la dope nourrissent ta paranoïa. Une angoisse sourde happe tes nuits. Même dans ta forêt de pins où tu te sens hors d'atteinte, tu ne dors jamais bien. Les cauchemars t'assaillent. Il y a la main froide de Tommy le Dingue qui serre ton cou, la gifle de ton père qui te renverse sur le sol. Il y a le crâne éclaté sous les balles dans la Facel Vega et le sexe contre tes fesses dans le lit de Valence. Tu as à nouveau peur de tout. Tu te procures une arme. Tu te dissous dans une « non-vie » sans avenir ni cohérence. Ton bien-être a été une illusion, ton passé ne te lâche pas, tes addictions te bouffent.

20

Tu fêtes tes vingt ans dans une ambiance de défonce et d'excès.

Bourré d'amphétamines, tu ne dors pas pendant trois jours.

Ton trip s'achève par une nuit amère où tout t'échappe. Une balle pour un type qui en voulait à ton cul, du moins tu l'as cru. Tu ne sais plus si c'est le fruit de ta paranoïa, de la dope, ou d'une menace réelle. Dans le noir, il t'a semblé sentir une main sur ton sexe et un sexe contre tes fesses. Le cauchemar de Valence, exactement. Tu as bondi et tu t'es jeté sur ton flingue. Cette fois, tu as appuyé sur la détente.

La détonation résonne dans ta tête. Le gars hurle. Tu as ton flingue à la main, sidéré par ce que tu viens de faire et incapable du moindre geste. Tu vois du sang partout. Tu es en état de choc. Après de longues tergiversations, deux types emmènent le gars à l'hôpital. On te chasse du « village ». Tu cours dans la nuit sans savoir où tu vas. Des flics te ramassent le matin sur la plage centrale d'Hossegor après que ton comportement a « alerté » des estivants. Ils ne font pas le lien avec le surfeur blessé par balle mais s'inquiètent de ton état. Tu es confus et incohérent. Ils te mettent en cellule de dégrisement.

Paul vole une nouvelle fois à ton secours et tu ne t'interroges même plus sur les raisons de sa bienveillance ni sur l'opportunité de suivre ses directives. Il te découvre si prostré et hébété qu'il ne réclame aucun détail. Tu es incapable de réfléchir, d'analyser et même de te situer dans l'espace et le temps. Tu n'es qu'une merde qui dérive à la surface d'une eau croupissante. Paul te tend pourtant la main et décide de te soustraire encore aux griffes de la justice. Tu acceptes un long séjour en maison de repos où l'on te soigne des tas de petits maux accumulés au fil d'années sans soin ni suivi. Tu souffres de la gale, tu as une infection au tympan, une légère scoliose et une tendinite à la hanche. On te sèvre de drogue et d'alcool. Tu fais un long et douloureux voyage en toi-même et le constat que tu en tires est abrupt : tu as touché le fond. Ta descente a été rapide, elle a pris une telle vitesse au cours de l'année écoulée que tu en as le vertige.

Quand tu repenses à l'adolescent équilibré que tu étais avant Palma, tu ressens de la tendresse pour lui. Pourtant, dans ce calme apparent, prospéraient les premières failles : l'absence de ton père, son étrange personnalité, ses passages éclairs, les errances de ta mère, ta propre solitude, ton intolérance à l'injustice dans un pays qui en avait fait un principe.

Ensuite les premiers échos de la guerre, cette chape de plomb, la peur qui s'insinue, le bruit, les cris, les pleurs, les militaires partout, et la haine, et le sang, et ton regard qui se détourne, et ta capacité à t'enfermer dans ta bulle. L'illusion de te bâtir une carapace alors que tu es une éponge, que tout t'imprègne, te marque, te blesse.

Après : l'exil, sans préavis ni préparation. Puis Esteban, la Facel Vega, ta fuite et ta honte.

Tu passes tes journées dans un joli jardin au milieu de jeunes dingos aplatis de médocs. La maison de repos porte bien son nom : elle te fait l'effet d'un petit paradis atone dans lequel un dieu inconnu t'a placé après ton décès. Tu ne vis pas vraiment, tu es là, tu penses, le quotidien t'échappe comme si tu n'étais plus qu'un esprit. On te donne des cachets qui t'apaisent et t'ôtent toute émotion.

Ta mère vient te voir au cœur de ta prison fleurie. Tu la sens déphasée. Elle a conscience que vos trois ans de séparation ont brisé le lien qui vous unissait. Son regard porte l'incompréhension que tu as toi aussi vis-à-vis de ton parcours qu'elle ne comprend pas et que tu es incapable d'expliquer.

Elle dit : « Au fond, tu sais, j'ai l'impression de ne pas être sortie de cette espèce de vide que j'ai ressenti le premier soir à Palma. C'était comme si on m'avait soulevée tout d'un coup et qu'on m'avait posée à des milliers de kilomètres plus loin. C'était si étrange, si violent... Je n'ai pas réussi à m'y faire. Je crois qu'il faudrait qu'on me repose à l'endroit où on m'a prise pour que j'arrive à vivre à nouveau. »

Tu ne peux pas t'empêcher de sourire. Voilà ta mère : elle fait plus de mille kilomètres pour venir te plomber avec ses pensées déprimantes.

Tu lui en fais la remarque, elle rétorque :

« Ce ne serait pas te rendre service de te faire croire que le monde au dehors ressemble à ce jardin clos. »

Tu lui demandes des nouvelles de ton père.

« Ah, bien, tu es son fils, c'est toi qui devrais en avoir. Moi, comme tu le sais, je ne suis que son ex-ex-ex-femme... »

Tu ne lui parles que d'une chose, cette fille que tu as rencontrée et qui n'a pas su t'aimer : Lucille. Tu en fais le symbole de tes échecs. Elle est la preuve dont tu te sers pour conforter ta dérive, elle en devient la raison, l'origine, l'explication. Tu as passé des mois à t'accrocher à ce lien fragile qui vous avait unis durant quelques semaines estivales au cœur du « village », à transformer le souvenir de ta passion à sens unique en amour partagé. Tu l'imagines encore présente dans ton avenir alors qu'elle appartient à peine à ton passé, partie vers d'autres rêves, d'autres horizons avec un autre que toi.

Ta mère s'en agace. Elle n'aime pas la façon dont tu parles de cette fille, ou bien elle n'aime pas ta façon de te perdre à cause de cette fille. Elle qui vit entre parenthèses depuis deux décennies à cause d'un homme te fait la leçon.

« Il ne faut dépendre de personne. »

Si tu n'avais pas le sens du pathétique, tu en rirais aux éclats.

« En réalité, elle affirme, ce n'est pas à cause d'une fille que tu ne vas pas bien.

– Peut-être, tu rétorques, mais grâce à cette fille j'allais bien. »

Elle désapprouve d'un rictus.

« Oublie-la, elle tranche. Tu ne l'aimes pas, tu aimes juste le mal qu'elle t'a fait.

– "Tu aimes juste le mal qu'elle t'a fait", tu répètes, agacé. Ça veut dire quoi ça ? »

Elle souffle puis, calmement, comme sur le point de se lancer dans un long discours, elle allume une cigarette et lâche :

« On est tous pareils, tu sais. On a besoin d'amour avec un grand A mais on rencontre rarement la personne capable de l'incarner. Alors on s'adapte. Ta copine, là, elle a le profil de l'amourette de vacances, légère... insouciante, c'est ce qui t'a séduit. Et puis comme tu avais besoin de quelqu'un pour symboliser le grand amour, tu lui as donné le rôle... Elle ne correspond pas du tout à la personne que tu cherches mais tu t'en fiches parce que tu n'as pas besoin d'elle. Tu cours juste après un fantasme, l'amour absolu... mythique... tragique mais pas franchement réel. »

Elle s'arrête, tire sur sa clope, recrache la fumée.

Tu la regardes, interdit, en essayant d'intégrer ce qu'elle vient de te dire mais déjà elle reprend :

« Tu sais, elle fait, je m'inclus là-dedans. Ton père non plus ne correspondait pas à la personne que je cherchais... »

Tu es si surpris que tu écarquilles les yeux.

« Qu'est-ce que tu racontes ?

– Ne t'enferme pas dans cette histoire, voilà ce que je raconte, elle répond. Elle n'existe que parce que tu l'as créée... pour je ne sais quelle raison. Peut-être parce que tu as envie de souffrir, ou peut-être juste pour te persuader que tu es ce que, en réalité, tu n'es pas... »

Elle tire à nouveau sur sa cigarette.

« Cette fille te sert de paravent ou de palliatif, elle ajoute pleine d'assurance. Pas besoin d'avoir lu Freud pour comprendre. »

Ça te laisse sans voix. Paravent ou palliatif ?

Tu observes ta mère sans savoir que penser ni parvenir à déterminer si elle lit mieux en toi que toi-même ou si tu es, pour elle, un parfait inconnu.

Elle s'amuse de ton air déconcerté et écrase sa cigarette. Elle veut que tu t'éloignes de « cette fille » et te propose de venir à Ferrare pour ta « convalescence ».

Ferrare ?

Paul t'a programmé un autre avenir.

Il prend en charge ton existence sans que tu saches si c'est une bonne chose, sans que tu comprennes s'il agit par bonté d'âme ou par calcul. Est-ce qu'il a réellement de la compassion pour toi ou est-ce que tu es, dans ses mains, un pion au sein d'un jeu auquel tu n'as pas accès ? Ton état te pousse à te laisser guider. Comment faire autrement ? Tu as tiré sur un type, tu risques, au minimum, plusieurs années de prison. Des mois de repos et d'introspection n'ont rien changé à ta situation : tu es dans la merde jusqu'au cou et Paul est pour toi la seule possibilité d'en sortir.

La solution est, à ses yeux, le service militaire.

« Il te faut des cadres et des repères. Il faut que tu réapprennes à respecter les lois, et il faut que tu te fasses oublier. Personne n'ira te chercher dans une caserne de l'est de la France, encore moins tes amis surfeurs. De toute façon, tôt ou tard, tu n'aurais pas pu y couper. »

On te rase les cheveux et on t'habille d'un uniforme, on te submerge de consignes. Tu te rebelles et on te brime. L'enjeu est ta liberté : ton passé expurgé contre ta mise au pas.

21

Tu as vingt et un ans et tu es enfin majeur.

Tu attendais ce jour synonyme de liberté depuis des années mais tu te cognes aux quatre murs d'une caserne dans laquelle tu es prisonnier.

Tu traînes dans la cour sans rien faire d'autre qu'observer le bâtiment, les murs, les portes, les fenêtres, le ciel gris au-dessus des toits. Debout, attendant les ordres, tu comptes les heures, les minutes, les secondes.

Tu vois ce désert froid comme un océan inerte dans lequel tu te laisses flotter, passif et impuissant, spectateur désabusé de ta non-existence.

Il te manque ta planche et l'extase de la glisse, il te manque l'alcool et les stupéfiants. C'est comme une interminable cure. Tu compenses par la bière, la cigarette et les médocs. La solitude et le repli sur toi te servent de psychothérapie.

Tu écris à Lucille même si tu ignores où elle vit. Tu espères qu'elle habite toujours à la même adresse, chez sa mère, rue Marie-Douce à Biarritz, et que, même si elle n'y a pas encore répondu, tes lettres lui parviennent. Tu doutes, pourtant tu continues de lui envoyer tes courtes missives quotidiennes. Ce sont des cartes d'étapes d'un voyage à la Kerouac, un périple similaire à celui qu'elle t'avait poussé à entreprendre, mais ton Amérique se résume à cette caserne amorphe perdue à l'est de la France et ton *trip on the road* à quelques marches forcées en treillis et rangers. Tu comptes, avec ce paradoxe, la faire sourire et l'attendrir même si, au fond de toi, tu pressens qu'elle ne lira jamais la moindre de tes lettres. Passé le moment de bonheur que t'a procuré leur rédaction, tu erres, solitaire et inoccupé, sans rêve ni espoir.

Ta non-vie dure depuis des mois et tu l'acceptes sans révolte parce que la caserne est ta prison mais aussi ton refuge. Elle te protège de l'extérieur et elle te prend en charge. On te nourrit, on t'habille, on te loge, on t'ordonne de faire : tu n'as qu'à te laisser couler dans cette non-existence qui, à tout prendre, vaut mieux que la spirale mortifère dans laquelle tu t'étais perdu.

L'armée t'isole comme une brebis galeuse ou, plus sûrement, comme un ennemi intérieur marqué par le sceau paternel. Dans ce monde qui a été le sien, tout te ramène au Capitaine. Sa figure plane en permanence. Tu le retrouves dans chaque officier que tu croises. Tu le crains. Tu imagines qu'il a, au cœur de ta caserne, des informateurs ou d'anciens camarades de combat dévoués et fanatiques. Tu cauchemardes que des sous-offs aux ordres de Tommy te criblent de balles.

Tu passes la plupart de tes permissions enfermé dans ta chambrée, seul et craintif.

Paul débarque le jour de tes vingt et un ans. C'est un dimanche chaud et pluvieux. Tu es heureux mais inquiet de ce qu'il a à te dire. Très vite, il te rassure : il vient en ami pour t'emmener fêter ton anniversaire chez lui, à Nogent-sur-Seine, dans l'Aube, où il est sous-préfet. Tu ne t'étonnes plus de rien et tu savoures, comme un enfant, les deux heures de route dans la luxueuse DS avec chauffeur. Parce qu'il a changé de fonctions,

Paul semble ne plus rien attendre de toi, ou du moins c'est ce que tu interprètes. Il est plus amical et plus complice, détendu et chaleureux. Il te parle de son enfance et de ses parents, de sa petite famille qui vous attend à Nogent. Il a une fille de trois ans et un garçon de treize mois.

Soudain il change de sujet, devient grave, glisse :

« Une loi d'amnistie concernant les crimes de la guerre d'Algérie a été adoptée. Ton père est concerné. »

Ça te laisse un moment silencieux puis tu lui demandes de préciser ce que ça signifie.

« Les poursuites s'arrêtent, il répond. Il n'est plus recherché, il va pouvoir rentrer en France. »

Tu as du mal à le croire.

« Il sera jamais jugé ?

– C'est le principe de l'amnistie. »

La nouvelle fait naître en toi un sentiment d'injustice. Tu ne veux pas admettre que le chef de « l'Organisation » puisse être débarrassé de toutes les poursuites judiciaires qui le suivent depuis des années.

« Il a été condamné à mort par contumace, tu insistes, et il va s'en sortir sans la moindre peine ?

– C'est ça », lâche Paul.

La colère monte, alors tu cherches quelqu'un à qui t'en prendre. Il n'y a que Paul.

« Au fond, c'est ce que vous vouliez depuis le début, tu affirmes avec hargne. C'était ça, le but de votre mission ! Je croyais que c'était pour faire cesser le combat mais c'était juste pour le tirer d'affaire. »

Il secoue la tête en signe de dénégation.

« Non, tu n'as pas le droit de dire ça ! il s'exclame. Tu le sais, il fallait le convaincre de déposer les armes pour mettre hors d'état de nuire toute cette troupe de desperados qu'il avait sous ses ordres. N'oublie pas Tommy. Et crois-moi, il y en avait beaucoup d'autres comme lui. »

Son ton et ses arguments te calment.

« L'opération exigeait une vraie contrepartie de leur part, il ajoute. C'est toute la différence avec l'amnistie.

– Est-ce que mon père va vraiment s'en sortir sans la moindre condamnation ? tu demandes à nouveau.

– J'en ai peur », il répond.

Il te laisse un moment avec cette phrase. Tu la prends au sens littéral : Paul aussi a peur de ton père.

Il te scrute.

« Mais au fond, il fait, c'est ce que tu voulais. C'est ce que nous avions convenu à Palma.

– C'était avant la Facel Vega », tu lâches.

Il hoche la tête puis se détourne pour observer, par la fenêtre, le paysage défiler. La conversation est finie. Tu essaies de retrouver un peu de sérénité et de lucidité. Tu t'interroges sur ce que ton père a pu ressentir en apprenant son amnistie. Tu doutes qu'elle mette fin à sa fuite permanente. Éternel clandestin, il est incapable de changer de vie ni de renoncer au combat.

« Vous savez ce qu'il devient ? tu demandes après un long silence.

– Il a rejoint la police politique de Franco. On a de bonnes raisons de croire qu'il dirige des commandos chargés d'assassiner les militants indépendantistes basques. »

Ça t'afflige d'autant plus que tu as de la sympathie pour les indépendantistes. Ils t'ont aidé quand tu as fui Palma. Ils t'ont tendu la main sans rien demander en échange.

« Recherché, ton père était déjà difficile à repérer, poursuit Paul. Libre de circuler, il va être introuvable. C'était une bombe qui menaçait d'exploser, maintenant c'est une grenade dégoupillée qui va péter d'un moment à l'autre. »

Paul t'explique qu'il n'a pas réussi à le « loger » mais il a de bonnes raisons de croire qu'il vit dans le nord de l'Espagne.

« Ça lui permettait jusqu'à maintenant d'être à l'abri des poursuites tout en lançant des raids sur Bayonne. C'est là que sont réfugiés bon nombre des antifranquistes qu'il chasse.

– Bayonne ? tu répètes, un peu dépité. Dire que j'aurais pu le croiser...

– Il est pas du genre à s'attarder, remarque Paul. Tommy est un as du volant. Ils viennent, ils repartent, c'est l'affaire de quelques minutes... »

Tu repenses alors à l'épisode de Saint-Selve.

« En réalité, tu fais en cherchant tes mots, vous savez, il y a trois ans... Vous m'aviez parlé de ma grand-mère... alors je suis allé à Saint-Selve...

– Je sais, il fait, te fatigue pas...

– Comment ça, vous savez ?

– On avait deux hommes sur place en permanence.

– Vraiment ?

– Oui.

– Pourtant j'ai vu Tommy.

– Oui, oui, je sais.

– Vous saviez qu'il était là-bas ?

– Oui.

– Pourquoi vous l'avez pas arrêté ?

– Pour qu'il nous mène à ton père... mais ta venue l'a fait déguerpir et tout a échoué », il ajoute.

Il guette ta réaction avec un sourire ironique. Tu ne parviens pas à masquer ta surprise.

« Tout ça n'a plus d'importance », il lâche.

Il se charge ensuite de te changer les idées. Tu passes un dimanche chaleureux avec sa famille sous les lambris de la République. Tu joues avec les enfants, tu souffles tes bougies. La petite fille t'a dessiné un beau gâteau. Paul te donne une enveloppe contenant des billets en te disant : « J'ai pensé que c'était ce dont tu avais le plus besoin. » Sa bienveillance te touche et la vision de sa famille heureuse t'émeut. Tu ne caches pas ta tristesse au moment de les quitter.

Dans la DS, sur le chemin du retour, Paul te glisse :

« Je t'ai vu avec mes enfants, je crois que tu es mûr pour être père à ton tour.

– Vous avez une chouette famille », tu rétorques sur un ton morose.

Il te sourit gentiment et, en tapotant ta cuisse, il te lance :

« Ne t'inquiète pas, tu en auras une toi aussi. Trouve-toi une gentille fille capable de te cadrer et de te stabiliser, et puis ensuite, tu verras, tout ira très vite.

– *Une gentille fille* ? tu répètes avec dépit, c'est pas franchement ce qui me fait rêver...

– Ce qui te fait rêver, c'est autre chose, il réplique. Contente-toi pour l'instant de te trouver une gentille fille. »

Tu as vingt et un ans et dix jours dans une caserne écrasée de chaleur. Tu as encore plusieurs mois d'ennui à tirer mais ton lieutenant te convoque pour t'annoncer que tu vas être « rendu à la vie civile. » Tu es surpris puis tu imagines que l'armée t'offre ta liberté en guise de cadeau d'anniversaire.

« Rassemblez vos affaires au plus vite, t'ordonne l'officier. Monsieur Baroin vous attend. »

La présence de Paul te fait entrevoir une autre explication : il a obtenu ta libération anticipée et vient te chercher pour t'emmener en vacances avec sa famille. Tu le retrouves en costume-cravate, l'air sombre, enfoncé à l'arrière de sa DS. Il ne sort pas pour t'accueillir et t'ordonne d'un ton neutre de monter.

La voiture démarre, il se met à parler sans te regarder, les yeux fixés sur la route devant lui.

« Une information judiciaire a été ouverte après la nuit fatale de tes vingt ans, il te confie. La police est sur ta trace depuis quelque temps. Il semble qu'elle t'ait identifié comme le suspect numéro 1. J'ai tout fait pour étouffer l'enquête mais je n'y suis pas parvenu. »

Tu encaisses en silence. Il te jette un œil scrutateur puis t'assure qu'il va « arranger » « ton affaire » mais que « ça va prendre un peu de temps. »

« Tirer sur un gars, il dit, en temps de paix, ça ne s'efface pas comme une tache sur une table. La guerre est finie, tu as un sérieux train de retard. »

Il a usé de son entregent pour t'exfiltrer de l'armée avant que la police ne parvienne à te localiser et il t'explique que la seule issue pour toi est de partir en Espagne. Tu vas aller grossir les rangs de tous les parias français grenouillant de l'autre côté de la frontière.

Une vie de clandestin s'ouvre devant toi au moment où, à vingt et un ans, tu allais enfin bénéficier d'une totale liberté. Tu ressens ce paradoxe comme une immense injustice. Tu l'acceptes d'autant moins que ton père, malgré tous ses crimes, a le droit, lui, de renoncer à la clandestinité. Il en sort quand tu y entres alors que tu as juste tiré pour te défendre un soir de confusion pendant que lui a sur les mains le sang des innombrables victimes de son idéologie funeste.

Paul te fournit une liste de « contacts » qui vont t'aider à trouver du travail et à te planquer dans le nord de l'Espagne. Il te fait comprendre que, bénéficiant de l'aide des « Services », tu n'as pas à te faire d'inquiétude. Inquiétude ou pas, tu n'as pas envie de t'exiler. Tu as accepté de partir à l'armée parce que c'était le seul moyen d'échapper aux poursuites et voilà qu'après près d'un an de casernement tu es dans une situation pire qu'avant ton départ. Ta confiance en Paul s'effrite. Tu ne sais pas si son incapacité à étouffer l'enquête a un rapport avec son changement de fonctions ou si, au contraire, il continue de collaborer avec les « Services » et a imaginé ce subterfuge pour t'envoyer en Espagne traquer ton père. Est-ce que la loi d'amnistie a un rapport avec ton exfiltration soudaine ? Est-ce que ton père est encore une menace pour le pouvoir ? Tu n'en as aucune idée mais tu trouves étrange que les deux événements - la loi d'amnistie et ta « libération » - se produisent quasiment en même temps.

Quand tu lui demandes s'il continue de chercher ton père, Paul élude et te dit qu'il s'est trouvé « d'autres combats. »

Tu fais mine d'accepter de partir en Espagne mais tu n'as aucune intention de t'y rendre. Plus question de suivre les directives de Paul. Tu te demandes s'il croit vraiment que tu vas t'exiler sans délai. Tu entrevois des arrière-pensées, des calculs puis tu t'en veux de douter de la seule personne qui se préoccupe de toi. Il te conduit à Paris, te fournit un billet de train, de l'argent et des lettres de recommandation. Il te fait ses adieux en disant :

« Appelle-moi chaque semaine, le samedi matin, à la sous-préfecture. »

Tu montes dans le train et, après mûre réflexion, tu décides d'aller te planquer à Bayonne.

Tu vois dans les réfugiés espagnols antifranquistes ton salut parce qu'ils t'ont tendu la main autrefois et qu'ils savent ce que c'est d'être recherché. Tu débarques par une nuit pluvieuse dans leur bar-repaire, tu n'y as pas mis les pieds depuis près de trois ans. Eneko, le barbu, est toujours derrière le comptoir, et te reconnaît. Il t'avoue d'emblée que s'il ne t'a pas oublié, c'est parce que ton père sème la terreur chez les réfugiés basques. Son commando armé par la police de Franco multiplie les actions contre les militants antifranquistes. Tu lui expliques ta situation sans entrer dans les détails : tu es recherché par les flics parce que tu as tiré sur un type. Il veut savoir si c'est une affaire politique alors tu hésites puis essaies d'arranger la vérité sans la tordre complètement.

« J'ai cru reconnaître un gars de mon père, tu lui confies, mais en vérité j'ai fait que me défendre. Il en voulait à mon cul. »

Il va « voir ce qu'il peut faire » et t'offre, en attendant, un verre au comptoir face à la salle pleine, enfumée, bruyante où tu cherches, avide, une présence amie.

Tu tombes sur ce regard, ces yeux bleus qui t'observent. Ce visage. Tu ressens une émotion si intense que tu es à deux doigts de t'évanouir. Tu tangues, t'accroches au zinc, vois tout trouble. Tu as passé tellement de temps à espérer ce moment que tu refuses de croire qu'il puisse arriver.

Tu l'observes. Il te sourit et ce sourire te transperce. Même si quatre années ont passé, il est identique à ton souvenir, intact, fidèle à l'image que tu as incrustée dans tes rêves quotidiens. Tu le retrouves comme si l'autrefois était hier, comme si rien n'avait bougé ; et avec lui le bonheur qu'il t'avait apporté dans le désert de Palma. Vous restez un moment à vous regarder, incrédules et stupéfaits, paralysés par l'émotion. Il se lève le premier et vient vers toi alors tu trouves la force de te lever à ton tour et vous vous étreignez longuement au milieu du bar. Ta principale sensation, à cet instant précis, est que ta vie va changer. La parenthèse faite de dérive et d'errance est terminée, tu vas reprendre place dans le fil logique de ton existence.

Les conneries sont finies.

Vous vous regardez un moment et vous êtes incapables de dire quoi que ce soit. Son premier mot est : « Viens ». Tu le suis jusqu'à sa table.

Vous vous asseyez.

« C'est fou », il fait en secouant la tête. Tu n'es toujours pas parvenu à prononcer la moindre parole. Tu souris béatement. Il rit. Tu n'as pas connu un tel moment de bonheur depuis des années. Tu voudrais le lui dire mais tu te retiens.

Lui, calmement, trouve les mots. Il n'a rien perdu de sa capacité à nouer le dialogue, à aller à l'essentiel. Tu retrouves sa voix, tu en avais oublié la douceur. Il te raconte qu'il est de passage et qu'il poursuit ses études à Barcelone, te demande ce que tu fais là.

Tu n'as jamais eu aussi honte de ton parcours foireux.

Tu cherches une réponse honorable à sa question.

Tu dis :

« Je fuis toujours mon père... Et puis la police...

– Eh ben, il répond, t'as pas perdu ton temps ! »

Tu lui racontes tes difficultés, ces années à courir et à te cacher. Il t'écoute avec attention, comprend l'ampleur de ton désarroi.

Il dit :

« Ne t'inquiète pas, je vais t'aider. J'ai plein d'amis ici. Ne te fais pas de souci. »

Il t'offre à boire et réclame d'autres détails puis il te parle de sa « planque ». « Il y a de la place pour toi. » Il te confie qu'il appartient à un mouvement clandestin. Il combat Franco « et sa police », il vit en partie à Bayonne et en partie à Barcelone. Il milite depuis très longtemps.

« Les conditions sont dures, il lâche, et l'avenir est pas spécialement souriant. »

Mais il est plein d'énergie et de détermination.

« Tu vas venir avec moi, il te lance, et tu vas m'aider. Crois-moi, se battre pour la démocratie, ça donne un sens à la vie. Et puis, puisque tu es en cavale, autant que ce soit pour la bonne cause. »

22

Tu as vingt-deux ans, rue des Tonneliers, à Bayonne, dans la « planque » d'Esteban. C'est un petit appartement aménagé sous les toits avec deux matelas, quatre chaises, une table. Les chiottes sont sur le palier, on se lave dans un bac en zinc.

Tu es officiellement un clandestin. Un certain Léo Leck, qui te ressemble beaucoup, est veilleur de nuit à l'hôtel des Pyrénées. Ces heures volées à son sommeil lui permettent de s'investir dans le combat contre Franco. Il, tu deviens un pro du renseignement. Tu épluches, selon la méthode Guérin-Sérac, des tonnes de revues pour accumuler des milliers d'informations. Tu lis la feuille de liaison des fonctionnaires de la police espagnole, le bulletin de la Guardia Civil, les comptes-rendus de l'administration, les nombreux périodiques militaires, *Arriba*, l'organe du parti franquiste, les petites annonces de *La Vanguardia* grâce auxquelles les proches de ton père se donnent rendez-vous. Tu as appris le nom des principaux responsables de l'armée et de la police espagnoles, tu connais précisément le fonctionnement et l'organisation des unités chargées du maintien de l'ordre et de la répression des opposants. Tu analyses et synthétises, déduis et recoupes, supputes et échafaudes. Tu as, grâce à ça, une bonne connaissance des modes opératoires des commandos que dirige ton père. Tu es un élément précieux du combat.

Esteban s'en amuse :

« Dire que quand je t'ai connu, tu parlais pas un mot d'espagnol ! »

Il ne partage ta piaule que quelques jours par mois mais il se débrouille pour être là le soir de tes vingt-deux ans. C'est le premier anniversaire que vous fêtez ensemble depuis Palma. Il t'offre un Zippo américain « pour aller avec la boîte à cigarettes », il précise. Il y a fait graver ton prénom et ta date de naissance.

Tu es très ému.

Tu le remercies en lui disant que, comme pour la boîte à cigarettes, tu ne t'en sépareras jamais. Il te sourit, ton enthousiasme le touche. Son beau regard bleu te scrute un moment puis s'éloigne, ailleurs, vers tu ne sais quoi, des regrets ou des doutes. Comme souvent, un silence, dans lequel flotte une tension presque physique, s'installe. Vous vous regardez, vous vous évitez, vous êtes ensemble séparément.

Tu éprouves pour lui une admiration sans borne que tu dissimules. Votre compagnonnage te rend tellement heureux que tu chasses le moindre nuage qui pourrait y jeter une ombre. La complicité qui vous lie est instinctive, elle n'a besoin ni de mots ni d'élan. Tu essaies d'être l'ami fidèle et discret, disponible mais pas pesant. Il te couve comme un grand frère, inquiet de ton bien-être.

« Ne doute jamais de tes capacités, il te répète. Crois en toi. Tu as tous les atouts en main. »

De sa vie, tu ne vois pas grand-chose. Ses passages sont brefs. Son existence se déroule essentiellement à Barcelone. Il y poursuit ses études, assume ses responsabilités au sein du mouvement des jeunes démocrates catalans et, le reste du temps, se consacre à sa passion : la musique. Chargé de la coordination avec les autres mouvements de jeunesse, il se déplace souvent, à Madrid et au Pays basque.

Tu ne bouges pas de Bayonne. Tu passes tes après-midis dans le bar-repaire des militants basques où règne Eneko. Tu as fait la connaissance de nombreux réfugiés. Tu aimes les fréquenter et les écouter. Ils te paraissent, à l'inverse des comploteurs du *Granero*, pétris d'humanité. Ils portent en eux la profondeur de leur combat. Tu les observes en essayant de comprendre leurs liens et leur passé. Ils t'en disent peu. Ils préfèrent te raconter la guerre d'Espagne, Franco et les crimes de la dictature. Ils te parlent de Guernica, de Pablo Picasso et des poèmes d'Antonio Machado. Est-ce que tu as lu *L'Espoir*, de Malraux ? Et *Pour qui sonne le glas*, d'Hemingway ? Tu te réchauffes à leur univers et tu t'imprègnes de leur état d'esprit.

Même si la clandestinité pèse sur votre quotidien et limite vos sorties, vous allez, Esteban et toi, fêter tes vingt-deux ans dans un restau du centre. La soirée est douce, l'ambiance festive, les terrasses sont pleines mais tu as du mal à te défaire de tes peurs. Esteban est pourtant un facteur d'équilibre. Il te rassure. Grâce à lui, tu t'es libéré de tes addictions, tu travailles dur, tu es sérieux et fiable.

Au *Chistera*, rue Port-Neuf, dans la nuit estivale, il t'encourage à vivre différemment.

« Tu t'es assez donné, il glisse. Ce combat, de toute façon, c'est pas vraiment le tien. Il faut que tu penses à ton avenir. »

Il te suggère de suivre des cours et des études, de te réinsérer dans la vie que tu aurais dû mener. Il peut te fournir de faux papiers et connaît des gens à l'université.

Tu lui répliques que, même si tu n'es ni espagnol ni catalan, tu as fait de la lutte contre le franquisme le combat de ta vie.

« Le combat n'est pas un métier, il te répond. Tu dois faire la part des choses. Lutter, oui, mais tout en construisant ton avenir. »

Tu l'écoutes mais tu ne le crois pas. Tu es persuadé qu'il joue au grand frère protecteur mais qu'en réalité il ne trouve rien de plus noble que de se sacrifier pour la cause. Il est ton modèle et tu rêves, toi aussi, de te battre sans relâche. Tu veux être lui. Ton rôle d'as du renseignement ne te suffit plus : trop fade, trop immobile, trop cérébral.

Tu n'oses pourtant pas lui dire que tu as sollicité plusieurs militants basques. Qu'ils t'ont fait bon accueil, te sachant sérieux et fiable. Que tu vas suivre une formation « commando » afin de te familiariser au maniement des armes, aux rudiments de lutte, aux techniques de surveillance et de filature, pour, ensuite, rejoindre une « cellule combattante ».

Son regard semble t'interroger. Il est pâle et bienveillant mais il ne t'aide pas à comprendre ce qu'Esteban attend de toi. Tu croyais suivre sa voie et te hisser à sa hauteur et maintenant tu te demandes s'il ne cherche pas avant tout à te protéger du danger des combats. Tu n'as qu'une certitude : tu ne veux pas le décevoir.

Il pose sa main fine sur la tienne et se penche vers toi pour te faire sentir l'importance de ce qu'il te dit. Il veut te convaincre. Ses doigts fermes sur ta peau n'ont rien d'une caresse mais ils te font frissonner.

« Tu sais, il insiste, j'ai beau consacrer beaucoup de temps à la lutte, je fais attention à garder de la place pour les études et pour le piano. Rester à Barcelone, c'est forcément prendre des risques mais je t'assure que c'est important d'avoir une vraie vie. Il faut avoir un pied dans le monde réel sinon on se fait complètement bouffer par le combat. Il ne faut pas que tu te laisses happer. Ne deviens pas comme ton père. »

Tu ne doutes pas de sa sincérité. Tu approuves ses conseils tout en lui cachant l'essentiel. La dissimulation te rend mal à l'aise. Elle te donne le sentiment de le trahir et elle te fragilise.

Tu es persuadé qu'il lit en toi, qu'il sait déceler tes failles, tes peurs et tes mensonges. Tu fuis ses yeux. Un silence prolongé s'installe.

Sur le chemin du retour, tu devines, sans qu'aucun mot soit échangé, qu'il a compris l'essentiel. Tu ignores ce qui l'a alerté mais, une fois rentré à l'appart, il te confie qu'il réprouve la violence et les attentats et qu'il ne faut pas opposer au « terrorisme d'État », un « terrorisme démocratique ».

« La démocratie, c'est justement l'absence de contrainte et de terreur, il affirme. Tu ne peux pas la défendre ou l'instaurer avec les méthodes de ceux que tu combats. Ceux qui prennent le pouvoir par la violence finissent toujours par gouverner par la violence. »

Tu es totalement déstabilisé. Ta loyauté se fissure. L'idée que lui-même ne parvient pas à concilier sa volonté de te protéger et sa foi dans le combat t'apaise un moment. Tu essaies de te persuader qu'il serait fier de te voir transgresser ses conseils.

23

Tu participes à ta première opération commando quelques semaines après ton vingt-troisième anniversaire. Ton rôle est limité. Tu interviens en « soutien », sorte d'escorte de combattants partis descendre un banquier espagnol. Tu as rendez-vous à la gare d'Irún. Une voiture avec un homme que tu ne connais pas t'y attend. Vous échangez quelques banalités, il t'offre une cigarette. Tu récupères un flingue caché sous le siège. Vous suivez à distance une 4 L où ont pris place les « cibleurs » et vous roulez jusqu'à Saint-Sébastien. Là, vous vous garez devant un immeuble et vous attendez, longtemps, les yeux rivés sur la première voiture immobilisée à une cinquantaine de mètres devant vous. Rien ne se passe. Les hommes de la 4 L ne bougent pas et vous finissez par repartir. Tu reprends le train à la gare d'Irún après avoir remis le flingue sous le siège. Tu rentres chez toi avec la frustration de ne pas avoir agi mais la satisfaction d'avoir pris part au combat. Tu te sens fier et fort d'appartenir à un groupe armé. Ni le stress ni la peur ne t'ont dévié de ta mission. Tu hésites à nouveau à en parler à Esteban. Tu voudrais partager ton exaltation mais tu sais qu'il désapprouve. Tu as compris, depuis votre dernière conversation, que tu te mens à toi-même : ce n'est pas pour l'imiter que tu participes à l'action.

La deuxième opération a lieu dans les mêmes conditions. Gare d'Irún. Vous suivez à nouveau une 4 L. Dans le centre de Saint-Sébastien, vous guettez à bonne distance les agissements des « cibleurs ». Après une longue attente, deux d'entre eux sortent de leur voiture et descendent un type sur le seuil d'un immeuble. Tu entends les détonations puis des cris. Les gars remontent dans la 4 L qui file à travers les rues et que vous suivez à distance. Dans un faubourg de la ville, la voiture s'arrête et les hommes en sortent. Ils embarquent dans la vôtre. Ils sont silencieux. On te laisse à la gare d'Irún.

On te confie à nouveau un rôle de « soutien » lors d'opérations similaires. Tu surveilles, tu guettes, tu récupères, tu as une arme dans ton blouson et tu es prêt à t'en servir au cas où.

Tu l'utilises à deux reprises. La première fois à Madrid quand, après avoir descendu un homme de la Guardia Civil, les gars sont pris pour cibles par les flics. Tu tires depuis la voiture. Tu es loin et il y a des passants alors tu ne t'acharnes pas. La fusillade ne dure pas. Tu n'as blessé personne. Vous récupérez vos acolytes ensanglantés. Tu n'éprouves ni compassion ni remords.

La deuxième fois, c'est à Irún, lors d'un contrôle. Vous revenez d'une opération. Tout s'est bien passé mais des hommes de la police politique vous repèrent à l'entrée de la ville. Vous faites mine de vous arrêter puis vous accélérez. Tu tires trois fois en direction des flics. Tu ne sais pas si tu fais mouche. Tu ne t'en préoccupes pas.

Tu te vois en héros juste et courageux comme Esteban. Tu es le contre-modèle de ton père.

24

Tu as vingt-quatre ans quand un soir, à l'hôtel des Pyrénées, tu tends la clé d'une chambre à un client dont le visage t'est familier. C'est Paul. Il te sourit chaleureusement et si tu es surpris de le voir, lui ne semble pas étonné. Il est là pour toi. Tu es sur la défensive. Bien planqué, tu croyais avoir effacé toute trace qui puisse mener jusqu'à toi. Ta sécurité et celle d'Esteban reposent sur ta capacité à demeurer introuvable. La présence de Paul remet tout en question.

« Léo, c'est ça ? il te lance, railleur, en lisant ton prénom sur le badge épinglé à ta veste.

– Je m'appelle Léo comme vous vous appelez Paul », tu répliques.

Tu essaies de te montrer serein. Ton expérience de combattant clandestin t'a appris qu'il ne fallait jamais rien laisser paraître. Tu as affronté plusieurs contrôles d'identité avec naturel, tu sais que le moindre signe de fébrilité attise les soupçons.

« Tu as l'air d'aller bien, il remarque, ça fait plaisir.

– Je vais bien depuis que je m'appelle Léo, tu rétorques... Ça m'a aidé à couper avec le passé. »

Il t'observe, un sourire au coin des lèvres. Tu appréhendes ce qu'il a à te dire. Il n'est pas du genre à se déplacer pour voir si tu as « l'air d'aller bien ». Il demande si le bar est encore ouvert et s'il peut avoir une bière. Tu la lui sers et vous vous installez dans un coin du salon.

Il marque un temps puis lâche :

« Ça fait combien de temps maintenant, depuis Palma ? Six, non, sept ? Sept ans... Ça fait un bail... »

Tu ne sais toujours pas où il veut en venir alors, pour abréger, tu lui demandes :

« Vous êtes toujours à la recherche de mon père ?

– Ton père ? il fait en levant les sourcils. Non... Tu sais bien, je ne travaille plus pour les Services. D'ailleurs, il n'est plus recherché, il a été amnistié, non ? »

Tu fais attention à chaque mot qu'il prononce et à la façon dont il les prononce. Tu es assez aguerri désormais pour parvenir à déceler le sens réel de ses propos. Sa manière d'affirmer que les Services ne recherchent plus ton père éveille ta méfiance. Amnistié ou pas, il était, selon lui, une « grenade dégoupillée » qui allait « péter d'un moment à l'autre ».

Tu lui rappelles ses propos.

« C'est ce que vous m'avez dit la dernière fois qu'on s'est vus, il y a trois ans. Finalement, elle a toujours pas pété, la grenade ? »

Il soupire, amusé.

« Oui et non, il répond, énigmatique.

– Ça veut dire quoi ?

– Qu'il continue à être ce qu'il est...

– Donc, finalement, vous êtes toujours sur ses traces, tu remarques.

– Comme ça. Pour savoir où il est.

– J'avais cru comprendre que vous travailliez plus pour les Services, tu ironises.

– Ça ne m'empêche pas d'avoir des informations.

– Bien sûr, tu poursuis sur le même ton. Quoi de plus normal pour un sous-préfet de... l'Aube, c'est ça ? Et donc, c'est quoi, ces informations ?

– Il y en a beaucoup, il répond avec un sourire. Tu veux qu'on commence par ton père ou par toi ? »

Tu essaies de garder ta contenance.

« Je suis venu pour te mettre en garde, il te lance soudain avec gravité sans attendre ta réponse. Ce que tu fais, les autorités françaises ne s'en préoccupaient pas parce que ça concernait l'Espagne mais les relations entre les deux pays sont en train d'évoluer. On parle de coopération policière. Il y a désormais un dossier à ton nom à la DST... Si tu continues, tu risques d'avoir de gros ennuis. »

Tu te demandes s'il n'invente pas de nouvelles poursuites et de nouvelles pressions. Ce n'est plus la police judiciaire, cette fois, qui est à tes trousses mais les services de renseignement. Tu pressens qu'il va encore te solliciter pour atteindre ton père mais les infos qu'il te livre ensuite - ton adresse, tes actions, tes complices - te font comprendre qu'il n'a besoin de personne.

Il ne tarde pourtant pas à évoquer le Capitaine :

« Il organise, depuis le Portugal, des expéditions ciblées contre les réfugiés espagnols. Il a sous ses ordres plusieurs commandos qui agissent au Pays basque français.

– Vous m'apprenez pas grand-chose, tu rétorques.

– Des agents sont parvenus à le loger à Lisbonne », il lâche ensuite, comme si c'était la seule véritable information qu'il tienne à te donner.

Tu en déduis qu'il n'est venu que pour ça : te livrer ton père.

« Et donc ? tu lui demandes. Vous attendez quoi de moi ? Que j'organise une petite expédition avec mes camarades de combat ? C'est ça ? »

Il s'offusque que tu puisses imaginer un tel scénario.

« Est-ce que ce n'est pas moi qui t'ai sorti de la merde toutes les fois où tu as touché le fond ? » il demande.

Tu opines et t'excuses.

Il t'explique alors que s'il a fait le déplacement depuis l'Aube ce n'est que pour te persuader d'abandonner la lutte armée.

« Quelle que soit la cause que tu défends, ce n'est pas une bonne idée, il affirme. Tu vas encore t'attirer des ennuis... Ce n'est pas la bonne voie. »

Il estime que si tu mets tant d'acharnement à « flirter encore et toujours avec la violence », c'est que tu ne parviens pas à digérer ton passé.

« À un moment, il va falloir que tu règles ça... Et il me semble que ce moment est venu. Il faut que tu ailles t'asseoir en face de ton père et que tu lui déballes tout ce que tu as à lui dire... Ensuite tu tires un trait définitif sur toute cette histoire et tu passes à autre chose. »

Tu l'écoutes sans savoir que penser. Comme par le passé, tu ne parviens pas à déterminer s'il te manipule où s'il veille sur toi. Toi-même, tu es incapable de saisir ce que tu veux. Aller voir ton père ? Lui parler ? Ou le faire abattre par tes compagnons de lutte ? Tu es plein de haine et de rage et à la fois tu manques de courage et de détermination.

Paul te donne le nom et le numéro de téléphone de son contact à Lisbonne.

« C'est toi que ça regarde, maintenant, il lâche, mais comprends bien une chose : la violence entraîne la violence. Il faut que tu sortes de cette spirale, parce que je ne pourrai pas te tirer de là où elle t'entraîne. Ne suis pas la pente de ton père, tu sais où ça mène. »

Il te laisse sur ces mots.

Tu demandes conseil à Esteban. Il est de l'avis de Paul : « Parler à ton père, d'adulte à adulte, ça ne changera pas le passé mais ça te permettra peut-être de le dépasser. »

Il s'inquiète pourtant de ton voyage : près de deux mille kilomètres aller-retour et deux frontières à franchir avec de faux papiers. Est-ce qu'un face-à-face vaut un si long périple ? Tu es fluctuant et partagé. Esteban te propose de t'emmener. Il connaît les passages, il peut se procurer une voiture et il rêve d'évasion.

Vous partez pour Lisbonne un jour d'août. Tu n'es pas très sûr du but du voyage mais tu es heureux de traverser l'Espagne avec Esteban.

Vous êtes en chemisette et cravate, déguisés en représentants de commerce, « lingerie fine et vêtements intimes ».

« En étudiants, ç'aurait été plus crédible, tu lui as soufflé avant votre départ.

– En Espagne, être étudiant, c'est déjà être coupable », il t'a répondu.

Pourquoi « lingerie fine et vêtements intimes » ?

« Parce que dans ce pays puritain, les flics et les militaires n'oseront pas demander la moindre précision ou vérifier ce genre d'articles. Ils nous foutront la paix. »

Tu admires sa malice et son sens pratique.

Votre périple est marqué par la crainte de la Guardia Civil et des contrôles aux frontières. Vous roulez vite. Votre escapade à un goût de cavale et ne ressemble pas à des vacances. Esteban reste concentré sur les itinéraires, les villes à éviter, le rythme à respecter. Vous devez arriver à Lisbonne avant la nuit.

Même s'il est soucieux et que tu es tendu, vous ressentez du bonheur à voyager ensemble. Tu l'observes conduire, son regard vif rivé sur la route, la main gauche tenant le volant, la droite pianotant sur sa cuisse les notes d'une musique qui court dans sa tête. Ses doigts fins sur la toile de son pantalon clair t'émeuvent. Ils te parlent, comme si, conscient de votre incapacité à communiquer pour de bon, Esteban inventait un langage pour vous seuls. Il te paraît subtil et sensuel, il te dit ce que tu as envie d'entendre et qui n'est pas audible. Tu écoutes ses gestes avec la sensation que ton corps vibre en même temps que le sien. Tu perçois, sans le toucher, la pulsion de ses veines, les à-coups de son cœur, la tension de ses muscles, la chaleur de sa peau. Là, tout près de lui, silencieux et immobile, tu as le sentiment que jamais rien n'égalera ce partage muet et intense sur lequel tu ne veux mettre ni mot ni sens.

Ses doigts soudain se figent. Il te lance un regard furtif, te surprend perdu dans tes pensées. Tu sais qu'il va parler.

« J'aimerais te donner un peu de mon enfance heureuse, il lance avec un mélange d'amusement et de compassion dans la voix. Tu crois que c'est possible ?

– J'ai pas eu une enfance malheureuse, tu réponds. J'étais triste de pas voir mon père mais, a posteriori, je me dis que c'est ce qui m'a sauvé du pire... »

Ça le fait sourire. Il doit se demander, au vu de ton parcours, ce qu'est ce « pire » que tu dis avoir évité.

« C'est vrai que quand je t'ai connu, tu étais perdu et désœuvré mais tu n'étais pas vraiment malheureux. »

Vous reparlez de Palma. Vous vous racontez les épisodes de ces quelques semaines estivales que vous avez partagées. Vous aimez ces souvenirs, ils constituent le socle de votre histoire commune.

Au fil des heures et des kilomètres, la fatigue aidant, Esteban se fait plus silencieux. Sa main droite serre le volant pour soulager son bras gauche traversé de crampes. Tu es, toi, fermé et mutique parce que de plus en plus nerveux.

Une fois à destination, tu mesures à quel point tu t'es laissé porter par la volonté des autres. Tu es là pour te confronter à ton père mais tu ne sais pas si tu en as vraiment envie. La haine a macéré. Tu as beau essayer de te mentir, tu as des envies de meurtre. Tu te demandes si ce n'était pas le calcul de Paul. Esteban te calme, te dit qu'il faut détruire la haine en donnant à ton père la possibilité de s'expliquer. Tu te laisses convaincre une fois de plus.

Dans la ville écrasée de chaleur, tu rencontres le contact de Paul. Il te met en relation avec un intermédiaire proche de Guérin-Sérac, le fidèle second de ton père. Tu as l'impression, un instant, d'être de retour dans la nébuleuse du *Granero*, emplie de messagers anonymes, de rendez-vous secrets, de comploteurs méfiants et de figurants paranoïaques mais tu n'es plus le gamin naïf que tu étais à Palma. Tu es un activiste aguerri. On t'a instruit, formé, préparé et la vie s'est chargée de te mettre du plomb dans la tête. Pour ce qui est du jeu du chat et de la souris, tu as été à bonne école : tu es le fils du meilleur en la matière. Guérin-Sérac accepte de te rencontrer. C'est la dernière étape avant de pouvoir parler à ton père.

Elle n'a pas lieu.

« M. Renseignement » n'est pas au rendez-vous.

On te prévient qu'il n'y en aura pas d'autres. Le fil est rompu. Tu ne sais pas pourquoi. Est-ce qu'ils ont eu vent de tes activités et cru à un guet-apens ? Est-ce qu'ils ont découvert ton lien avec Paul, Esteban ou les militants basques ? Il y a chez Guérin-Sérac comme chez ton père cet instinct du danger né d'années de fuite et de clandestinité, ce flair quasiment animal, cette prescience affinée par la paranoïa et la prudence. Peut-être ont-ils senti la haine et la violence que tu as tant de mal à contenir. Et peut-être ont-ils, grâce à ça, une fois de plus, sauvé leur peau.

25

Tu as vingt-cinq ans. Par une belle journée ensoleillée de juin, tu accompagnes Esteban jusqu'à la gare de Bayonne alors qu'il repart à Barcelone braver la police de Franco. Il te jette, derrière la vitre du compartiment, un regard flou qui t'inquiète parce que tu y décèles une expression inhabituelle. Peut-être une ombre d'inquiétude ou de tristesse. Le train démarre sans que tu aies pu en comprendre la signification. Tu observes son visage impassible s'éloigner peu à peu. Tu lui adresses un geste de la main auquel il ne répond pas. Bientôt, il n'est plus qu'une tache qui se dilue dans le lointain.

Dans la nuit, un appel te prévient qu'il a été arrêté par la Guardia Civil.

Tu as beau être devenu un activiste froid et déterminé, tu ne parviens pas à te remettre de ce nouveau coup du sort. Quelque chose s'effondre dans ton petit édifice existentiel. Même si Esteban passait de moins en moins de temps à Bayonne et que tu lui cachais l'essentiel de tes activités, il demeurait le pilier de ta vie. Votre relation pleine de non-dits marquait peut-être le pas, cabossée, au fil des années, par tes mensonges et ta lente immersion dans la lutte armée, mais elle te tenait encore droit. Son regard clair qui semblait voir en toi t'empêchait de plonger corps et âme dans la violence. Tu sentais sa réprobation, tu devinais sa déception alors, malgré les sollicitations, tu maintenais le terroriste exalté à distance. Tu demeurais un « soutien », un second, tu te bâtissais un rôle moins coupable. Du bout des yeux, Esteban te retenait au bord de l'abîme. Tu aimais sa présence rare et précieuse, votre relation forte tout en retenue et silences qui te permettait de remettre au lendemain l'examen précis de ce que tu étais.

Son absence te détruit.

Son arrestation t'oblige à changer de planque et de « cellule combattante ». Tu te sens, plus que jamais, traqué et tu ne restes pas dans la même piaule plus de deux nuits d'affilée. Ta cavale sans répit et ta rage désespérée te poussent à réclamer un rôle plus actif. Après trois ans en tant que « soutien », tu vas devenir « cibleur » et mener les actions. On te considère comme un « dur ». Tu vas venger Esteban.

Vous vivez, tes compagnons et toi, dans la crainte permanente des commandos dont ton père est le chef et la figure de proue. Ils peuvent frapper à tout moment, en plein jour, en pleine nuit, en pleine ville, ici, ailleurs, partout. Vous êtes sans cesse aux aguets.

Tu fêtes ton « quart de siècle » avec quelques militants antifranquistes catalans dont tu es devenu proche. C'est un anniversaire triste et sombre. Tes camarades se sont cotisés pour t'offrir un surf. C'était une idée d'Esteban. Tu pars l'essayer pour évacuer la pression. Une fille te conduit.

Vous allez rejoindre sa voiture quand, à l'angle de la rue Pannecau, tu aperçois Tommy le Dingue.

Vous marchez, la jeune fille et toi, vers le pont. Il passe devant vous, à quelques mètres. Tu ne l'as pas revu depuis Saint-Selve. Son crâne chauve, son visage amer et dur, son corps trapu : tu le reconnais en une fraction de seconde. Il arpente le quai perpendiculaire à la rue et, alors qu'il se trouve bien en face de toi, son visage se tourne et ses yeux accrochent les tiens. Il y a dans son expression autant de haine que de défi.

Son regard te dit : « On sait où tu es, on sait ce que tu fais, on peut frapper à tout moment. »

Tu te demandes ce que ton père sait de tes actions et de tes liens avec les combattants antifranquistes. Tout, probablement. La présence de Tommy le Dingue, là, devant toi, le jour de ton anniversaire, ne peut pas être une coïncidence, c'est le genre d'élément que ton père affectionne. Tout est savamment pensé et calculé. Rien n'est laissé au hasard.

Ta main a le réflexe de chercher ton flingue. Tu ne l'as pas pris. Tu es en short et tee-shirt avec un surf sous le bras. Tu te sens nu et démuni. Tu aurais aimé ne jamais recroiser la route de Tommy le Dingue.

Il disparaît aussi vite qu'il est apparu. Son passage n'est sans doute qu'un mauvais rêve. Ton imagination, ton inconscient, l'alcool ou la marijuana te jouent des tours. Tu es sans illusion pourtant, ton parcours te l'a appris : le pire est toujours l'hypothèse la plus sûre. Tommy le Dingue est venu te délivrer un message, tu en es persuadé. Lequel ? Il te faut réfléchir vite pour agir vite. L'instinct est ce à quoi tu dois te fier, te disait ton père. C'est ce à quoi il doit sa survie.

Ton corps comprend plus vite que ton esprit. Tu trembles. Le passage de Tommy est l'annonce de ta condamnation. Ils ont voté ta mort. Il te prévient, à la loyale. Là, dans une seconde, une minute ou une heure, tu vas être exécuté. La tête éclatée du gars de la Facel Vega te hante. Tu te mets à marcher vite puis à courir. Tu dois sauver ta peau. Ton surf sous le bras, tu te précipites dans le bar-repaire des militants basques espagnols. Eneko t'interroge d'un mouvement de menton. Tu t'approches de lui et souffles, haletant :

« Ils veulent ma peau ! Il me faut un flingue, vite ! »

Il te toise calmement, à la fois dubitatif et soupçonneux, et après un silence qui se veut apaisant, te demande :

« Qui ça “ils” ?

– Les gars de mon père, ceux qui assassinent les militants basques.

– Tu les as vus ? Ils sont en ville ?

– J'ai vu Tommy le Dingue. Il me faut un flingue là, tout de suite, » tu lâches, froid et serein à nouveau.

« Tommy le Dingue ? interroge Eneko. C'est qui ça ?

– Peu importe, trouve-moi juste un flingue. »

Il t'emmène dans l'arrière-salle et décroche son téléphone. Il parle un moment en basque. Quand il raccroche, il te demande :

« Pourquoi toi, particulièrement ? Il t'a menacé ? Il t'a dit quelque chose ?

– Il est là pour moi, tu réponds. File-moi un flingue, je peux pas sortir à découvert. Je peux pas prendre le risque d'aller jusque chez moi sans rien.

– J'ai prévenu, il fait. On a donné l'alerte. Reste là, tu es à l'abri.

– Et s'ils viennent ici ?

– C'est pas dans leur intérêt.

– Tu les connais pas. Ils sont prêts à tout.

– Je peux pas te donner de flingue, j'en ai pas.

– Si je sors pas d'ici, qui va pouvoir identifier Tommy le Dingue ? Qui le connaît à part moi ? »

Des gars arrivent. Tu en connais deux. Ils te filent une arme et un blouson où la dissimuler. Ils t'intègrent dans leur « patrouille ».

Tu repères Tommy buvant avec un complice à la terrasse de *La Nive*, sur les quais. Tu l'observes de loin, en chemisette, décontracté, attentif sans doute à se faire passer pour un touriste inoffensif. Tu as un doute. Est-ce que c'est vraiment lui ? À Saint-Selve, tu l'avais aperçu de loin. Votre dernière vraie rencontre remonte à Palma, il y a près de huit ans.

Tu ne sais plus bien, mais déjà vous mettez en place un quadrillage. Il s'agit de savoir s'ils ne sont que deux et ce qu'ils comptent faire. Ils quittent bientôt le bar pour rejoindre un type qui les attend sur le quai. Ils discutent un moment puis remontent ensemble dans le Petit Bayonne. Tu repères une Dauphine qui roule à faible allure derrière eux. Elle semble les suivre. Un homme à l'intérieur, sûrement un complice. Ils sont quatre en tout. Tu n'as identifié que Tommy le Dingue, mais tu te demandes si le gars au volant de la voiture n'est pas ton père. Il est loin et tu ne peux pas prendre le risque de t'approcher. Ton cœur s'emballe. Tu fixes la Dauphine. Tu es frappé par la carrure du conducteur. Un type grand et fort, cheveux courts. Tu ne distingues pas grand-chose mais tu sens. Tu as, comme ton père, développé l'instinct et le flair de l'activiste en cavale.

C'est lui, c'est certain. Ils sont venus pour toi, tu en es sûr maintenant. Lui, dans la voiture, qui supervise, et Tommy le Dingue à la manœuvre, la main ferme. Tu devines l'excitation du psychopathe, heureux d'avoir enfin l'autorisation de régler son compte au « petit merdeux ». Il paraît te défier, là, déambulant en territoire ennemi, promeneur détendu et sûr de lui, semblant ne rien craindre. Tu n'es pas dupe et l'imagines les doigts sur un flingue, prêt à tirer. Ton cœur bat à toute allure.

On te demande de « décrocher ». Tu es le seul qu'il connaît et tu risques d'être repéré. Tu les laisses partir. Tommy et ses hommes avancent tranquillement pendant que la Dauphine s'arrête derrière une camionnette. Tu les perds de vue mais tu te rapproches de la bagnole. Tu es bientôt à quelques mètres. Le chauffeur est seul. Tu aperçois le dos de son crâne, des cheveux blonds très courts. Ça ressemble à ton père. Tu retiens ton souffle. Ta main glissée dans ton blouson, les doigts sur le flingue, tu arrives à sa hauteur. Tu tournes la tête : ce n'est pas lui. Le type te regarde, étonné. Il voit ta main dans ta veste et glisse la sienne sous le cartable posé sur ses cuisses, ou du moins c'est ce qu'il te semble. Tu sors ton arme sans attendre et tu tires avant qu'il n'ait pu esquisser un geste. Un coup. Le sang gicle. Tu en as sur la main et sur le visage, jusque sur les paupières. Tu restes prostré là un instant puis tu pars en courant. La détonation emplit ta tête, le sang tes yeux. Tu as l'impression de ne plus rien voir et de ne plus rien entendre. Tu files droit devant toi. Tu tombes sur un de tes compagnons venu à ta rencontre. Il ne pose pas de question, te souffle simplement :

« Range ton flingue et suis-moi. »

30

Tu as trente ans entre Reno et Battle Mountain, Nevada, à l'ouest des États-Unis, au volant d'une Pontiac Catalina emplie d'effluves de cambouis et de vieux cuir usé, un soir d'été caniculaire des années soixante-dix.

Un vent sec balaie le désert, le silence recouvre tout. Tu roules depuis des heures, bercé par le bruit régulier du moteur, les routes rectilignes, le paysage sans relief, les formes fluctuantes des mirages dansant sur l'asphalte devant toi.

Ta vie entière ressemble désormais à ça : une fuite lente et indifférente, inexorable, sans fin ni but, dans un désert aride.

Après l'incident de Bayonne, tes chefs ont jugé prudent de t'exfiltrer vers des contrées où tu n'étais rien sinon un anonyme perdu dans un monde étranger. Au fond de ton exil, condamné à ne jamais cesser d'être en mouvement, tu n'as plus d'activité véritable. Ton existence se résume à cette errance vide de sens et de gens.

Tu sympathises parfois dans un motel ou un bar, dans un bus ou un train, dans une laverie ou une gare, avec des voyageurs de passage, des migrants sans domicile, des clodos itinérants, des jeunes adultes en rupture d'existence ou de famille. Discussions superficielles, échanges éphémères, fraternité de pacotille, relations épisodiques calées sur ta paranoïa acérée par des années de peur d'être identifié, arrêté ou abattu. Une fille, rencontrée dans un bus de Saint Louis, Missouri, t'attend quelque part entre Topeka et Kansas City. Tu la connais depuis peu et tu n'es pas amoureux mais elle représente l'espoir d'un avenir moins esseulé. L'image de son soutif en fine dentelle blanche flotte dans ton cerveau au cours de tes longues échappées solitaires.

Cette fille emplit ta tête, le paysage, tes yeux ; pour les oreilles, il y a *Born to Run*, de Bruce Springsteen, dans l'autoradio. Tu t'identifies à lui :

« On doit filer tant qu'on est jeunes/

Parce qu'on est des vagabonds et qu'on est nés pour courir. »

Tu ne fuis pas, tu es né vagabond et tu cours tant que tu es jeune.

Dans le soir tombé, un type t'accueille à la porte d'un motel. Au milieu de ces plaines désertes que traversent quelques silhouettes fantômes, une présence est une lueur. Tu n'as d'ordinaire pour compagnie que les bruits de la nuit : le cri d'animaux inidentifiables, le vent parfois, le souffle des ventilateurs, le vacarme passager d'un moteur filant sur la route. Ton oreille est toujours à l'affût et il suffit qu'une voiture ralentisse pour que tu sentes ton corps se raidir et ton cerveau s'agiter.

Dans ce motel, il y a ce gars et la surprise de voir au milieu de ce monde desséché un type jeune et vivant qui te sourit et te parle. Il s'étonne de tes papiers :

« *Oh, flançéi ?* »

Et, notant ta date de naissance, il ajoute :

« *Hey, happy birthday !* »

Tu souris en te disant que tu as bien fait de ne changer que ton nom sur ton passeport falsifié, un vieux truc de clandestin pour éviter de se mélanger les pinceaux.

Il t'offre de partager sa Bud pour « fêter ça » puis t'interroge sur ta vie. Tu lui réponds par des questions sur la sienne. Il est étudiant et parcourt cinq cents kilomètres aller-retour pour bosser dans ce motel au milieu de nulle part. Tu lui confies que tu as été, toi aussi, veilleur de nuit dans un hôtel de Bayonne, là-bas en France.

La conversation se prolonge, vous éclusez des bières, vous avez trouvé un moyen de conjurer l'ennui. Tu lui racontes que tu as été un surfeur, un vrai, tu te laisses aller à un peu de nostalgie et tu feuillettes avec lui le petit carnet à spirale dans lequel tu as noté depuis tes dix-sept ans où tu étais et ce que tu as fait pour chacun de tes anniversaires. Au matin, tu repars vers d'autres motels la tête un peu lourde avec la satisfaction d'avoir fêté dignement tes trente ans - mais aussi la certitude d'en avoir trop dit et trop montré.

Tu roules un moment avant de t'arrêter sur une aire. Pas un arbre, rien que le désert aride, la terre sèche, le décor que tu laboures étape après étape et qui te renvoie à ton paysage intérieur.

Là, seul, tu voudrais voir en toi-même, comprendre le type que tu es. Ne te viennent que les souvenirs qui pèsent des tonnes. Pourquoi rester scotché à ce que tu as été ? Il semble si simple de tout effacer, ici, loin de ton monde, des drames et des deuils, de refaire surface, nu et propre, dans la peau d'un autre. Mais ton passé n'est pas une image qu'on fait disparaître d'un coup d'éponge, il colle à tes chaussures à coup de poursuites judiciaires et de mandats d'arrêt.

Tu fermes les yeux. Te voilà sur la route de Jack Kerouac, l'Amérique d'ouest en est dans ta bagnole paquebot, le rêve de Lucille. Tu la revois à Biarritz le livre à la main dans cet été plein d'espoir de tes dix-huit ans. Tu t'apitoies, comme un enfant, sur ton sort et sur ta vie, sur le destin qui n'a pas fait de toi le gentil père de famille que tu espérais devenir. Lucille, elle, est mariée et mère de deux enfants, et tu sais qu'elle n'a jamais arpenté la Route 66 ni aucun des lieux décrits par Jack Kerouac.

Tu rouvres les yeux, une voiture apparaît au fond du décor, précédée par le léger ronflement régulier de son moteur qui monte peu à peu. Le désert s'anime à peine et te sort des souvenirs. Tu es si loin.

La bagnole s'approche et, toujours sur le qui-vive, tu glisses ta main dans la poche de ton blouson. Ton flingue est là, tu le touches comme on caresse un talisman ou comme on cherche une prise à laquelle s'accrocher sur une paroi verticale à vingt mètres du sol. Il trahit ta peur, ton angoisse de tomber, le vertige que fait naître ta fuite incessante. La voiture s'arrête à ta hauteur. Un commercial, à première vue, chemise claire et cravate fleurie, baragouine des phrases que tu ne comprends pas. Tu lui dis que tout va bien, que tu n'es pas en panne, que tu fais juste une pause et que tu vas reprendre la route très vite. Il te salue et repart mais tu as la sensation de t'être trop justifié, d'être apparu sur la défensive et d'avoir suscité chez lui une lueur de suspicion, comme si tu n'étais qu'un fugitif débutant, un petit jeune en cavale transpirant de peur et de culpabilité. Tu souffles et t'apaises en te persuadant que le type ne s'est aperçu de rien, que tu es trop exigeant envers toi-même et trop affûté pour éveiller le soupçon d'un voyageur anonyme mais, happé par ta paranoïa, tu n'es pas sûr que ce ne soit pas un agent du FBI ou un indic de ton père.

Treize ans après Palma, la peur est toujours là.

Tu as la certitude qu'ils te suivent, eux, tous, le Capitaine, Tommy et leurs acolytes, silhouettes indéfinies collant à ton ombre, dans chaque lieu, dans chaque nuit, dans chaque pas. S'ils avaient voulu, ils se seraient débarrassés de toi depuis longtemps mais tu ne peux pas t'empêcher de penser que l'endroit est propice, le moment est parfait et mille arguments que tu ressasses quels que soient le lieu et les circonstances où tu te trouves. Ils t'ont suivi dans ce désert où ils ont déjà dû creuser une tombe, perdue à des encablures de la route, pour pouvoir te faire disparaître sans témoin et pour que personne jamais ne retrouve ton corps.

Ton regard guette en permanence.

La nuit tombe. Dans ta voiture paquebot, tu mates les étoiles, le ciel immense, les petites lueurs mouvantes dans ton rétroviseur. Les kilomètres défilent, le vent frais souffle par la fenêtre ouverte. Ton père a passé la cinquantaine, tu ne sais plus à quoi il ressemble. Il est en fuite depuis quinze ans et tu n'as vu aucune photo récente de lui.

Tu roules. Des phares dans la nuit, devant et derrière toi. Tu en comptes au moins six. Tu émerges de ta torpeur. Trop de bagnoles dans ce désert éteint. Tu sors ton calibre. Elles approchent. Tu t'aperçois alors que ce sont des voitures de flics. Leurs sirènes déchirent soudain le silence. Ta fuite touche à sa fin.

45

Tu as quarante-cinq ans dans une cellule du centre pénitentiaire de Mont-de-Marsan où tu as été transféré pour « rapprochement familial » quelques années plus tôt après de longs séjours à la prison de la Santé et à la centrale de Clairvaux, dans l'Aube.

Tu es libéré le surlendemain. On t'a accordé trois jours de remise de peine supplémentaire pour assister à l'enterrement de ta grand-mère paternelle, dont tu as appris la disparition l'avant-veille de ton anniversaire.

Elle a été la visiteuse régulière de tes années de détention. Au fond de ton trou, reclus et isolé, alors que ton père était aux abonnés absents et que ta mère, tétanisée par ta condamnation, restait à distance, tu as eu la chance de la voir resurgir d'un passé oublié. Elle constituait l'unique bout de famille qu'il te restait, le seul maillon avec l'extérieur et avec ton passé.

Marianne, l'une de tes demi-sœurs, l'emmenait. Elle venait parfois avec elle ou bien l'attendait à l'entrée. Tu as fait sa connaissance au parloir. Sa mère est une pied-noir que ton père a séduite au début de la guerre d'Algérie. Elle a dix ans de moins que toi, a vécu à Bordeaux puis a rejoint Saint-Selve pour veiller sur votre grand-mère. Ton père y passait de temps à autre.

Après presque vingt-cinq ans de cavale, il est revenu en France au début des années quatre-vingt mais, toujours méfiant, il s'est installé près de la Suisse, à Ferney-Voltaire, dans l'Ain. La frontière, paraît-il, est au bout de son jardin, ce qui lui permet, en cas de descente de flics, de n'avoir à traverser que sa pelouse pour être de nouveau hors d'atteinte. À soixante-huit ans, bien que sédentarisé et en paix avec la justice française, il vit toujours dans la peur de l'arrestation ou de l'assassinat. Les années de guerre lui ont fait acquérir des réflexes dont il ne parvient pas à se défaire, tics ou TOC impossibles à soigner. Marianne dit qu'il évite toujours les bars, les lieux publics, les transports en commun, qu'il passe son temps à guetter la rue, les passants, à scruter les visages, les gestes, à fuir les contacts, à s'agacer du moindre contretemps, à vivre, en réalité, comme un clandestin.

Tu le cherches du regard parmi la petite foule silencieuse qui suit le corbillard dans la campagne girondine. Il fait gris, un vent d'ouest souffle par-dessus les vignes, tu essaies de plaquer son visage de jeune trentenaire sur les figures usées et figées qui défilent devant toi. Tu te souviens de ses airs de play-boy, ses yeux clairs, ses dents blanches, sa mâchoire saillante, ses cheveux blonds et courts, sa peau sans tache, son physique si différent du tien. Tu tentes de deviner à quoi il ressemble désormais, ce qu'il est devenu, ce que les années ont changé à son allure.

Durant ta longue nuit carcérale, tu ne lui as jamais écrit et il ne t'a jamais donné signe de vie. Les années de prison n'ont pas apaisé ou modifié vos relations. Marianne affirme qu'il n'a pas de ressentiment envers toi, qu'il est juste indifférent comme il l'est avec tous ses enfants. Ta grand-mère disait que la paternité ne l'intéressait pas parce qu'il n'avait jamais réussi à combler l'absence de son propre père, à se projeter dans un modèle familial dont lui-même avait été privé. Marianne est parvenue à établir une relation avec lui parce que, quand il passait voir sa mère, elle était là. Elle posait des questions, et il répondait. Elle aurait pu être une aide-ménagère ou une vague parente, il n'aurait pas eu une attitude différente : poli mais distant, étranger.

Il soutenait sa mère mais n'était ni tendre ni affectueux, il veillait à ce qu'elle soit bien et qu'elle ne manque de rien puis il repartait.

Marianne ne sait pas exactement combien d'enfants il a, elle pense que vous êtes cinq en tout mais elle n'est pas sûre. Votre père maintient le flou. Est-ce qu'il le sait lui-même ? À l'enterrement de ta grand-mère, tu fais la connaissance de Caroline, de huit ans ta cadette. S'il y a d'autres enfants, ils ne sont pas là. Caroline n'a pas vu ton père depuis de nombreuses années. Elle a tenté, quand elle est devenue mère, de prendre contact puis elle s'est lassée : « À quoi bon ? »

Elle aussi s'enquiert de sa présence.

« Je ne sais pas si je vais le reconnaître. »

Des visages pâles succèdent à d'autres visages pâles. Tu ne vois personne qui puisse lui correspondre : pas de mâchoire saillante, pas de regard clair, pas ce caractéristique éclair d'orgueil au fond des yeux. Il n'est pas là.

Les mottes de terre humide recouvrent peu à peu le cercueil et tes derniers espoirs de le voir apparaître.

Tu repousses la déception en savourant ta liberté retrouvée : l'immensité du paysage, l'odeur de la campagne, le vent sur ton visage. Tu flottes sans trop savoir ce que tu veux. Tu déplores les années gâchées et ta jeunesse perdue. Maintenant, c'est sûr, tu ne seras jamais ce jeune père de famille sans problème que tu rêvais d'être.

Tu as mille fois refait la route à l'envers, mille fois analysé les coups d'effroi du destin qui t'ont poussé à choisir une solution plutôt qu'une autre ; ces carrefours qui parsèment l'existence et t'ont obligé à emprunter des voies que tu as vite regretté d'avoir prises sans pour autant pouvoir rebrousser chemin. Tu en as conclu que ton parcours n'avait rien à voir avec qui tu étais : c'était celui d'un autre. Cet autre, tu t'es décidé à le faire disparaître. Tu as coupé les fils qui te reliaient à lui.

Ceux qui, issus de ce passé, t'ont écrit n'ont pas reçu de réponses. Ils s'adressaient à quelqu'un que tu n'étais plus.

Ou peut-être les rendais-tu responsables de ce que tu étais devenu.

Ou bien tu avais honte.

Seule ta mère a eu droit à quelques cartes régulières dans lesquelles tu te bornais à lui répéter que tu allais bien et qu'elle ne devait pas s'inquiéter.

Esteban a retrouvé ta trace peu après ta condamnation et t'a adressé de longues lettres que tu as lues et relues mais auxquelles tu n'as pas donné suite.

Paul t'a envoyé des livres et de l'argent sans obtenir de remerciements, Jean, le pasteur de Biarritz, t'a donné des nouvelles régulières de Lucille auxquelles tu n'as pas réagi. Elle s'est bâti une existence qui ressemble à celle à laquelle, au plus profond de ta dérive, tu aspirais sans y croire. Elle vit à Bayonne avec « le lieutenant pleurnichard » et leurs enfants. Elle a accouché du troisième au début de ta détention. Le pasteur t'a transmis le faire-part. Tu l'as cloué sur le mur de ta cellule comme on se plante un couteau dans la cuisse. Il était sous tes yeux le rappel constant et douloureux de ce que tu n'avais pu être, de ce que tu n'avais pas fait naître. Ta punition était un prénom écrit dans les deux langues - « Bixente (Vincent) » - en lettres gothiques sur fond blanc, devenu, au fil des années, jaune pâle. Il surmontait une adresse que tu surnommais « la maison du bonheur » et à laquelle tu n'as jamais écrit.

En sortant du cimetière, tu savoures l'horizon et le nouveau sentiment de solitude qu'il te procure. Ce n'est plus la solitude du reclus coincé entre quatre murs, mais celle du voyageur sans frontière ni barrière. Tu voudrais laisser de côté cet autre qui n'était pas toi et que tu as fait disparaître au cours de tes années de réclusion mais l'absence de ton père à l'enterrement a ravivé la haine que tu t'étais juré d'enfouir à jamais. Déjà, tu sens remonter toutes les récriminations obsessionnelles que tu croyais disparues. Le passé te rattrape toujours.

50

Tu as cinquante ans à Bayonne et je te croise boulevard Rempart-Lachepaillet. Il pleut et la ville tout entière est recouverte d'une couche de nuages gris. Tu me regardes bizarrement et tu m'interpelles par mon prénom. J'ai un bref mouvement de recul. Je t'observe. Tu présentes bien : cheveux courts, beau visage, corps fin et élancé. Instinctivement, je te range parmi les relations de mon père. Tu es probablement un de ses ex-camarades de combat ou d'affaires, des gens plus ou moins recommandables dont je n'ai qu'un vague souvenir.

Tes premiers mots sont pour lui :

« Je l'ai connu, il y a longtemps, très longtemps, à Palma.

– Si c'était il y a si longtemps, comment vous savez que je suis son fils ?

– Je t'ai vu en photo dans le journal et j'ai fait le rapprochement.

– Quelle photo ? De quoi vous parlez ?

– Mais si, l'an passé, quand tu as été arrêté pour l'attentat de Bidart. Tu sais, moi aussi, j'ai été en taule pour ce genre d'actions. »

Je te regarde médusé. Je ne sais pas ce qui m'étonne le plus : ta référence à cet épisode de mon passé ou ton aveu sur ton passif judiciaire.

« C'était une erreur, j'ai été libéré tout de suite, je m'empresse de te dire. J'avais rien à voir avec tout ça. J'ai jamais été mêlé à ce genre de trucs.

– Oui, oui, j'ai suivi ça, tu rétorques, conciliant.

– Et puis je crois pas que mon père ait vécu à Palma. Palma de Majorque ?

– Oui, Palma de Majorque. Je crois pas qu'il y ait vécu, tu précises, il n'a fait qu'y passer. C'était en 1962, il venait d'Algérie et il espérait pouvoir rentrer en France. Je ne l'ai plus revu depuis. »

Je t'écoute sans comprendre. Pourquoi aborder un gamin dont tu as connu le père brièvement plus de trente ans plus tôt ? Puis je prends conscience que la photo et l'article dont tu parles sont parus il y a plus d'un an. Comment as-tu fait pour me reconnaître en passant dans la rue si longtemps après ? Mon esprit s'embrouille, je garde mes distances.

« Vous savez, je vis pas avec lui, je le connais peu, je sais même pas où il vit. Je peux rien vous dire sur lui. »

Ça te fait sourire.

« Ah, alors, tu rétorques, il est comme le mien, il a suivi le même chemin... Au fond, toi et moi, j'ai l'impression qu'on est pareils. C'est ce que je me suis dit quand je t'ai vu dans le journal. On a eu un père dans l'Organisation et on a fini tous les deux dans le camp opposé. Activistes, à notre tour, mais pour la bonne cause. »

Trop d'informations que je ne comprends pas. Qu'est-ce que tu racontes ? Quel camp ? Quels activistes ? C'est quoi l'Organisation ? Tu parles de quoi ? Tu veux me dire quoi ? Ton attitude est très étrange. Je me méfie. Me demande si tu me tends un piège. Cette histoire de terrorisme basque pour laquelle j'ai été arrêté sans raison me poursuit.

« Je comprends rien à votre histoire et la vie de mon père m'intéresse pas. Je suis désolé », je te lance en reprenant mon chemin.

Tu secoues la tête avec un sourire de dépit.

« C'est dommage, tu rétorques, on a vécu à peu près la même chose. On aurait pu partager nos expériences. »

Je marche sans me retourner, la tête pleine de tes phrases étranges. Elles me travaillent longtemps. Dans la soirée, j'appelle mon frère à Bordeaux. Lui saura me dire quoi penser. Je lui raconte notre rencontre et tes mots sur notre père, Palma, ton allusion à tes années de prison, l'Organisation.

« C'est quoi l'Organisation ? Tu sais ?

– L'Organisation armée secrète. OAS. Les terroristes d'extrême droite qui se sont battus pour que l'Algérie reste française au moment de la guerre d'Algérie.

– Papa en a fait partie ?

– Oui, plus ou moins. Plutôt moins...

– C'est-à-dire ?

– Ben, brièvement je crois. »

Il n'en sait pas beaucoup plus. Il me raconte que notre père a longtemps vécu sous un faux nom en France avant d'être arrêté. Il a fait quelques mois de prison puis il a bénéficié d'une loi d'amnistie.

« J'ai pas compris ce que me voulait ce type, je lui glisse. J'ai du mal à croire qu'il m'a reconnu un an après m'avoir vu en photo dans le journal. C'est moi ou c'est très bizarre ?

– Oui, il admet, mais à la fois, c'est un peu comme ça qu'on les reconnaît, les potes de Papa. C'est toujours des gens louches et bizarres, exactement.

– Pote, je suis pas sûr. C'est un terroriste basque. C'est encore plus étrange. »

Il n'en faut pas plus à mon frère pour tirer de vagues déductions sur le comment et le pourquoi et me pousser à tenter de te retrouver.

« Je te croyais plus curieux. À une époque, ça t'intéressait de savoir ce que Papa avait fait précisément.

– J'ai pas envie de me retrouver dans une histoire de terrorisme basque. Une fois m'a suffi. »

Je te croise à nouveau quai Jauréguiberry quelques jours plus tard. C'est une fin d'après-midi chaude et ensoleillée. Les terrasses sont pleines. Je traîne avec Naïmé dans l'espoir de trouver une table libre. Tu déambules seul, une cigarette aux lèvres, le nez en l'air. Je t'observe un moment sans que tu m'aperçoives. Plusieurs éléments que je n'avais pas vus la première fois me sautent aux yeux : ton visage est maigre, tes joues creusées, ton corps légèrement voûté. Derrière le quinquagénaire séduisant, je devine l'ex-terroriste passé par la case prison, mais peut-être que j'adapte ma vision à ce que tu m'as dit de toi. Je crois déceler dans tes yeux cet air absent que j'avais identifié chez mon père, ancien combattant égaré dans les ruines de son passé. Je n'ai pas envie d'en savoir plus, je ne veux pas me laisser pourrir la tête par l'ombre pesante de mon pater. Pas le goût à ressasser l'autrefois, juste le désir de boire, de rire, de déconner. Mais, comme tous les activistes, tu as l'œil aux aguets. Instinctif, tu me devines avant même de me voir. Tu tournes brusquement la tête et ton regard rencontre le mien.

Je te salue vaguement puis me détourne en espérant que tu passes ton chemin mais tu me rejoins et me glisses un bonsoir enfumé. Je ne sais pas quelle attitude adopter. Je suis à la fois intrigué et hostile, mal à l'aise et curieux. Je te réponds mollement.

Tu lâches :

« De loin, comme ça, je me suis aperçu que tu ressemblais beaucoup à ta mère. »

Je reste sans voix. Tu as connu ma mère ?

Précédant ma question, tu ajoutes :

« Je l'ai connue quand j'avais dix-huit ans. Elle habitait Biarritz, rue Marie-Douce. »

J'en ai la gorge nouée.

Tu me regardes en souriant comme fier de m'avoir surpris.

« Tu es qui et tu veux quoi, en fait ? je te demande.

– Qui je suis ? Je sais pas trop. Ce que je veux ? Hum... Juste échanger. J'ai connu tes parents, je pensais que ça t'intéresserait d'entendre parler d'eux. »

Ça me fige. Je n'ai pas envie de t'écouter. Il est déjà tard, je veux me détendre et profiter de la présence de Naïmé. Elle me regarde en cherchant dans mes yeux la réponse à l'énigme que constitue, pour elle, notre conversation.

« Je te l'ai dit, je rétorque. Mon père s'est barré sans laisser d'adresse. Je sais pas où il vit et quant à ma...

– Moi, je sais », tu m'interromps.

Je reste un long moment sans réaction. Tu es vraiment un type bizarre, du genre que mon père apprécie et fréquente, du genre que je n'ai pas du tout envie de connaître.

« Eh ben, du coup, je réplique après un silence, c'est bien, t'en sais plus que moi... mais, écoute, j'ai dix-huit-ans, je viens d'avoir mon bac, j'aimerais juste que tu me foutes la paix maintenant. »

Tu n'insistes pas. Tu t'éloignes en nous regardant attendre qu'une place se libère puis tu te rapproches du bar et salues le patron. En un rien de temps, une table et deux chaises sont ajoutées dans un coin de la terrasse. Tu m'adresses un signe pour me faire comprendre que la place est pour nous, avant de t'échapper, grand seigneur, sans attendre ni merci ni au revoir, une cigarette entre les lèvres.

J'appelle à nouveau mon frère le lendemain pour lui parler de ton allusion à notre mère. Il est intrigué mais n'en sait pas plus.

« Je ne vois vraiment pas qui est ce type, il lâche. Interroge Sybille, peut-être qu'elle en saura plus. »

Ma sœur botte en touche :

« Qu'est-ce qu'il y a de si étonnant ? Bayonne est sûrement plein de gens qui ont connu les parents ! Je vois pas où est l'embrouille ! »

Que tu m'aies reconnu en me croisant boulevard Rempart-Lachepaillet ne l'étonne pas plus.

« Eh oui, ton histoire a fait un peu de bruit. Des gens m'en parlent encore. Les amis de Papa et Maman doivent s'en souvenir aussi. »

Je ne sais pas que penser mais j'ai le sentiment que je vais te recroiser en ville. Nos rencontres ne doivent rien au hasard, tu les provoques. Un jour que je traîne seul au *Piémont* tu t'assois en face de moi sans que je t'aie vu venir.

« Tu sais, tu fais en guise de préambule, j'aurais pu être ton père. »

Ça me laisse muet.

« Enfin, en réalité, tu précises, quand tu es né, j'étais déjà en taule. J'avais perdu le contact avec ta mère depuis quelques années. Je lui ai écrit pendant longtemps pourtant, mais je n'avais pas son adresse. Les lettres me sont revenues. »

Tu parles d'une voix suave, sur un ton traînant. J'y entends un peu d'ironie, peut-être un mélange de légèreté et de désespoir.

« Quand j'ai connu ta mère, j'avais ton âge, et elle, elle était à peine plus vieille. Je lui ai fait découvrir le surf. Tu en fais, toi, non ? Il me semble avoir lu ça.

– Ouais, ouais, c'est ça, je te réponds, je surfe mais, bon là, pour l'instant je fais un break. »

Tu me racontes l'histoire du « village » et comment tu as été parmi les premiers surfeurs de la Côte au début des années soixante.

Tu me dis :
« Ta mère a vécu avec moi quelques semaines au “village”. »
J’essaie de me rappeler ce qu’elle m’a raconté sur le surf. Pourquoi elle était une des rares femmes de son âge à maîtriser l’art de la glisse. Je ne me souviens pas qu’elle m’ait, un jour, parlé de toi ou du « village ». Je me méfie de tes histoires.
« Tu sais, tu lâches après un long silence, je dois t’avouer quelque chose. Ton père ne m’intéresse pas beaucoup, tu poursuis, mais ta mère, elle, oui. »
Ça me fige un long moment. Tu sembles ignorer qu’elle est morte. Quoi ? Tu es au courant de tout, tu connais l’adresse de mon père mais tu n’as pas appris pour ma mère ?
Et qu’est-ce que tu entends par « m’intéresse » ?
Je ne sais pas quoi dire, alors pour gagner du temps je te demande pourquoi tu n’as pas parlé d’elle dès notre première rencontre.
« J’avais peur que ça te paraisse un peu bizarre, tu réponds.
– Pas plus que le reste », je rétorque.
Tu as un sourire un peu dépité.
« Il faut que tu comprennes que j’ai passé une grande partie de ma vie en prison, alors je n’ai peut-être pas les bons réflexes et les bonnes manières de faire. Mon existence s’est arrêtée il y a vingt ans... Je sors tout droit des années soixante-dix. J’essaie de reprendre ma vie là où je l’ai laissée... »
Une fois de plus, je ne sais pas comment réagir.
« Tu sais vraiment où habite mon père ou c’est des conneries ? je te demande.
– Non, ce ne sont pas des conneries.
– Mais du coup, tu vas aller le voir ?
– Non.
– T’as pas envie de le revoir ?
– Non.

– Il a pas fait partie de ta vie d'avant ?
– Non, très peu. Et puis, ça n'a pas l'air d'être un type bien.
– Qu'est-ce qui te fait dire ça ?
– Ce que tu m'en as dit. Qu'il s'est barré sans laisser d'adresse. Et puis il a combattu avec mon père.
– C'était pas quelqu'un de bien, ton père ?
– Non, tu fais, ce n'est pas quelqu'un de bien. »
Après un moment de silence, je te demande :
« Comment tu as fait pour tomber sur moi boulevard Lachepaillet ? C'était pas un hasard ? Tu me suivais ? Tu sais où j'habite ?
– Non... mais, c'est-à-dire... » Ton hésitation en dit long.
« Ça faisait un moment que je parcourais la ville pour essayer de te croiser, tu poursuis. Depuis l'histoire de la photo dans le journal. J'ai vu ton nom et ton visage, je les ai reconnus. Le premier, c'était celui de ton père, le deuxième, celui de ta mère. Je me suis dit que si j'étais attentif je finirais forcément par te croiser en ville... »
Tes explications paraissent foireuses. Je suis persuadé que tu sais où j'habite et que tu m'as suivi.
« Est-ce qu'il a rendu ta mère heureuse ? tu me demandes ensuite.
– Qui ? Mon père ? Non... enfin au début peut-être, après je crois pas.
– Je suis désolé... tu rétorques, un peu ému.
– Bah, t'y es pour rien.
– Ah, enfin, qui sait ? Si la vie avait été différente... Elle est où maintenant ? »
Je me sens acculé. Il faut que j'arrive à te dire la vérité et, à la fois, à la façon dont tu parles d'elle, j'ai l'intuition que tu sais déjà tout. Je ne sais pas ce que tu cherches à me faire dire. Je prends un chemin détourné :

« Elle est à Itxassou, je fais en avalant ma salive et en baissant les yeux. Tu connais ?

– Ah, tu sais, j'ai eu des planques dans à peu près tous les patelins du Pays basque. À Itxassou, j'étais caché par le curé, dans le presbytère, avec vue sur le cimetière...

– C'est là qu'elle est, je lâche d'une voix lugubre sans oser te regarder.

– J'aimerais aller la voir », tu rétorques sans montrer ni émotion ni surprise.

51

Tu as cinquante et un ans sur une aire d'autoroute de la Drôme. On s'y arrête quelques minutes pour que tu souffles tes bougies. Calé sur le siège passager de la Fiat Topolino dont tu as hérité à la mort de ton grand-père maternel, tu me confies que ça fait très longtemps que tu n'as pas fêté ton anniversaire. Tu me remercies rapidement pour le gâteau et les bougies et tu me demandes de reprendre la route.

Je conduis en te jetant des coups d'œil furtifs. Tu as un léger sourire aux lèvres et tu regardes droit devant toi la route parsemée de lueurs itinérantes. La Topolino est un four. Tu as préparé un thermos de café, un seau de cacahuètes et une cartouche de cigarettes que tu fumes, sans discontinuer, emplissant l'habitacle d'une brume âcre et dense. Tu n'as qu'une confiance modérée dans ma conduite alors tu m'incites à rouler doucement pour « ménager le moteur ». Je viens d'avoir mon permis et tu n'as jamais eu le tien, du moins un vrai, à ton nom.

Tu me dis :

« Beaucoup d'activistes se sont fait prendre comme ça, à cause d'un simple contrôle routier. »

Tu aimes les trajets au long cours sur les routes sombres et même si j'ai des doutes sur l'intérêt du voyage je partage ton goût du périple dans cette vieille bagnole bruyante fendant la nuit. Tu évoques Kerouac, *Sur la route*.

« Tu l'as lu ?

– Euh... Pas vraiment.

– C'est ta mère qui me l'a fait découvrir. Elle me l'a offert quand j'avais ton âge. »

Tu me racontes le bouquin puis tes propres traversées des States, l'Amérique des années soixante-dix, les motels et les longues lignes droites désertiques de l'Ouest. J'écoute, un peu largué, la tête prise par le souvenir de ma mère.

On s'arrête dans une station essence. On s'arrête souvent. Tu t'es lancé dans ce voyage mais tu n'as pas vraiment envie d'aller au bout. Je t'observe. Derrière le masque souriant apparaît l'homme que tu es vraiment : sans repères, perdu, étranger au monde. Tes yeux cherchent un point auquel se raccrocher, tu erres dans l'espace et le temps, sans espoir d'arriver quelque part.

Je n'ai pas compris ce que tu fais de ta vie, si tu travailles, où tu habites, si tu as femme et enfants, parce que tu ne parles que du passé. Je ne parviens pas non plus à saisir ce que tu ressens. Tes yeux sombres charrient une noirceur qui semble plonger dans les ténèbres, un lac froid sans vague ni rocher. Tu évoques sans arrêt ma mère - l'amour de tes dix-huit ans - comme s'il n'y avait eu qu'elle dans ta vie. Ta jeunesse t'obsède, tu me la racontes année après année alors que tu expédies les trois dernières décennies en trois chapitres vite écrits. Les combats, la clandestinité et la prison forment une parenthèse qui ne t'appartient pas et que tu te souviens à peine d'avoir vécue.

Tu ne cesses de revenir à cet été-là, l'été 62, comme si tu n'y avais pas survécu, ou mal ou peu.

« Le gars de la Facel Vega », tu répètes.

Ta voix traîne des relents d'amertume. Tu n'as pas digéré, c'est encore dans ta gorge, dans tes yeux, dans tes gestes, partout, tout le temps.

Je n'aime pas que tu évoques ma mère - trop brûlant, trop âpre - mais son souvenir provoque chez toi une nostalgie tendre. J'ai envie de te dire de te taire mais je n'ose pas. Je ne veux rien te confier de mes traumatismes ni de mes dix-sept ans. Tu as trop tendance à voir en moi l'adolescent que tu as été, à conjurer le passé en le revivant à travers moi.

Tu parles beaucoup. Ton parcours, ton père, Palma. Les mots s'échappent de toi comme des bulles de savon qui planent un moment dans l'air puis éclatent en laissant quelques gouttes d'un liquide visqueux fait de tristesse et d'amertume. Derrière les bulles pointe la décrépitude comme si, à l'intérieur, tu étais, comme mon père ou le tien, égaré dans les ruines de ton passé.

J'appelle Naïmé à chaque arrêt pour me raccrocher à quelqu'un de vivant. Mon histoire est là, au présent, loin de toi et de tes souvenirs.

Naïmé se moque :

« Tu t'es choisi un père de substitution mais j'ai l'impression qu'il est encore pire que le vrai.

– Je sais pas, je réponds, je le connais tellement peu, l'autre. »

Je reprends le volant. J'adore cette bagnole des années cinquante, le bruit ronronnant du moteur, l'odeur de cuir de l'habitacle.

Tu finis par t'endormir sur le siège passager après avoir avalé des cachets. Je roule longtemps puis j'arrête la voiture sur une aire d'autoroute pour me reposer un peu.

Tu me réveilles alors qu'il fait jour.

Dans une cafétéria déserte, on partage un petit déjeuner fade et tu te mets à évoquer Esteban. Je n'arrive pas à saisir les sentiments que tu éprouves pour lui : c'est confus et trouble. Tu as envie d'en parler mais quand je te pose des questions tu te refermes. Ça semble être un sujet profond et douloureux. Le contraste avec la façon dont tu m'as confié tes souvenirs sur ma mère me frappe.

Je n'ose rien te dire. Tu lâches quelques informations, tiraillé entre l'envie de parler de lui et la souffrance que ça fait naître. Vous vous êtes perdus de vue parce que la prison vous a éloignés. Il a purgé cinq ans quand tu étais en fuite et il a été libéré quand tu as été arrêté. Au total, ça fait vingt années d'enfermement à vous deux, sans vous voir, mais quand je te demande s'il n'aurait pas pu te faire une visite à Mont-de-Marsan, tu éludes une fois de plus d'un « ç'aurait été compliqué ».

« Après le fil était cassé », tu lâches.

Quel fil ? Tu as des formules bizarres où pointe ton amertume.

Quand je t'interroge sur ce qu'est devenu Esteban, tu me réponds :

« Une des figures de la Catalogne démocratique dans l'Espagne d'après Franco, le compagnon du chanteur Lluís Llach. »

Tu lâches ça d'un ton égal, fataliste, où perce le regret.

Tu me donnes l'impression que tout est mort en toi. La seule chose qui t'intéresse, c'est la rencontre avec ton père parce que tu veux refermer la porte, clore l'histoire, mettre fin à cette existence de tourmentes et de violences. J'ai vu l'urgence dans tes yeux. Je l'ai comprise en décryptant ton attitude. Nos rencontres « fortuites », ta volonté de « m'apprivoiser », ton insistance à me parler du passé, tout est lié à ça.

Tu as gardé en mémoire des milliers de détails : la façon dont ton père était habillé lors de votre dernière rencontre, ses mots, sa gifle, le temps qu'il faisait et ces dernières petites parcelles d'innocence qui traînaient encore dans ton cœur d'adolescent.

De cet étrange voyage estival, je ne sais pas ce que tu attends. Tu as l'air de ruminer cette visite depuis des années et à la fois tu ne parais pas vraiment décidé à aller jusqu'au bout. Tu as, comme souvent, cette attitude flottante, mélange d'indécision, de fatalisme et d'amertume. Tu es tout en paradoxes. Mes appels à Naïmé t'amusent, tu te moques mais tu te plains ensuite de n'avoir personne à qui téléphoner. Tu n'as gardé de contacts qu'avec quelques anciens compagnons de combat et tes deux demi-sœurs, le reste est un désert dans lequel tu sèches à petit feu.

L'énergie de mes dix-neuf ans t'offre un semblant de sursaut. Tu me confies à un moment :

« Plus qu'à ta mère, c'est à Esteban que tu me fais penser. »

Plus tard, tu glisses :

« J'ai passé treize ans à fuir, ou quasi. Pendant toutes ces années, j'ai pas l'impression d'avoir vécu... Après j'ai fait quinze ans de taule. Même constat. Depuis que je suis sorti, j'ai jamais réussi à me réinsérer dans la vie... Résultat : j'ai passé les cinquante piges et je peux dire que j'ai vraiment vécu que pendant les dix-sept premières années... »

Tu me parles des actions que tu as menées avec les commandos de l'ETA.

« Ce sont des souvenirs de ma non-vie, tu précises, de ce personnage qui n'était *ni tout à fait moi ni tout à fait un autre.* J'étais un gamin calme et tranquille. Je me suis égaré dans la violence comme on se perd en forêt parce qu'on a lâché la main de sa maman... »

Tu en reviens encore à ça : au fait d'avoir abandonné ta mère à Palma.

« Elle non plus, tu me confies, elle n'a jamais vraiment vécu... Elle est morte l'année dernière mais en vérité ça faisait longtemps que son cœur avait cessé de battre... »

Entre deux arrêts, je relance la piste Esteban :

« Pourquoi l'avoir perdu de vue ? »

Tu ne réponds pas vraiment : le temps, la distance, la prison, ces éléments qui bouleversent les relations. Tu déverses tes remords sur ta vie :

« J'ai toujours vécu dans un tunnel. J'ai compris au bout d'un moment qu'il n'y avait pas de lumière au bout. »

Je ne sais pas que dire pour te consoler sinon que tu es encore jeune et que la vie commence aujourd'hui.

« On dit ça quand on a dix-neuf ans », tu lâches.

Quand j'appelle Naïmé d'une cabine, je t'observe à nouveau qui marche l'air absent sous la pluie. Je me demande ce qui te passe par la tête. Au bout de cette route, il y a ton père que tu n'as pas revu depuis tes dix-sept ans. Il était la figure de proue de ton enfance et de ton adolescence puis il est devenu l'ennemi de ta vie d'adulte. J'ignore si tu as réellement eu, un jour, l'envie de le tuer mais tu l'as sincèrement haï, lui, son personnage, sa violence et ses absences, avant de devenir, finalement, sa copie conforme. Tel père tel fils.

Quand, plus tard, je te demande pourquoi son exemple, que tu as tellement vomi, ne t'a pas poussé vers une vie à l'opposé, tu me réponds :

« Mais j'étais à l'opposé... dans le camp opposé ! Je l'ai combattu ! »

Non : pourquoi cette existence à l'identique, faite de fuites, de clandestinité et de violences ?

« Il n'y a rien d'identique, tu répliques. J'ai fui parce que je pouvais pas faire autrement. Pour mon père, au contraire, c'était une façon de vivre. »

Je ne sais pas si je dois te croire mais j'ai le sentiment que ton histoire de « pas pu faire autrement » vient buter sur les actions dont tu m'as parlé. Tu as été, que tu le veuilles ou non, un terroriste basque arrêté et condamné à vingt-deux ans de réclusion. En plus des expéditions auxquelles tu as participé, il y a le surfeur sur qui tu as tiré au « village » et le gars que tu as amoché à Bayonne le jour de tes vingt-cinq ans. Tu les as évoqués en passant, sans faire de décompte, il est possible qu'il y en ait d'autres.

Je te regarde et, malgré ce passif, je ne vois qu'un vieil enfant fatigué. Tu n'as pas l'air d'un terroriste, tu parais doux et calme, tu as le profil de la victime. Je repense à ta drôle de vie, à ton parcours sans répit ni repos. Je suis assez naïf pour vouloir t'aider mais je me demande si j'ai bien agi en acceptant de te conduire.

Je ne sais plus pourquoi je l'ai fait. Tu aurais pu être mon père, tu as aimé ma mère : des arguments plus ou moins déterminants. En réalité, je rêvais d'évasion entre deux semaines harassantes de boulot estival et surtout tu m'as promis de me refiler la Topolino. Un mélange de raisons. Ton intérêt, même s'il est calculé, me donne de l'assurance, il compense l'absence de mon père.

Pourquoi de ton côté avoir voulu « m'apprivoiser » ? Passer par moi pour approcher mon père ou ma mère n'avait aucun sens.

Ou peut-être étais-tu persuadé que j'étais, comme toi, un terroriste basque. La faute à cette arrestation par erreur qui avait fait la une de *Sud Ouest* quand j'avais dix-sept ans. Tu es peut-être de ceux qui croient qu'il n'y a pas de fumée sans feu, pas d'arrestation sans culpabilité, et tu as vu en moi un acolyte ou un jeune disciple.

De nos rendez-vous épisodiques, le soir à la terrasse du *Piémont*, sur les quais, il me reste les récits de ton autrefois mais aussi les silences sur des pans entiers de ton parcours : les questions que je n'osais pas ou que je ne voulais pas poser, ma mère, mon père, leur rencontre et le reste, les éléments personnels qui se retrouvaient dans ton histoire alors que tu étais pour moi un étranger sorti de nulle part. J'avais la sensation que tu pénétrais par effraction dans ma sphère intime, que tu t'incrustais dans mon passé, dans ma vie, comme une menace latente et indéfinie dont j'avais peur mais qui me fascinait.

L'approche de la destination te rend silencieux. Tu te refermes. Ton père est à quelques kilomètres. Ton visage change de camp. Il n'est plus celui d'un enfant perdu, il est un mur impénétrable. La rencontre est un combat que tu prépares depuis plus de trente ans.

Je n'y assiste pas. Je te dépose devant une grosse maison dans un faubourg de Ferney. Tu sors de la voiture sans un mot. Je t'observe marcher, droit et lent, absent, vers l'entrée, sous la pluie. Tu sonnes, une femme apparaît, tu disparais.

Je t'attends. Après un quart d'heure, la porte s'ouvre. Te voilà déjà. Tu viens vers moi avec la même allure que tu avais en partant. Je cherche tes yeux. Tu portes toujours ce masque froid. Tu montes dans la voiture sans dire un mot et sans me regarder.

Tu as attendu trente-quatre ans pour ce quart d'heure.

Je démarre.

On roule longtemps sans échanger ni regard ni parole. Arrivé dans la périphérie de Lyon, tu me dis simplement : « Tu vas me déposer à la gare. »

Devant la Part-Dieu, tu me glisses avant de sortir :

« Garde la voiture, les papiers sont dans la boîte à gants. Merci de ton aide. »

Je t'observe rejoindre la gare, ta silhouette mince, ton pas élancé, ton allure délicate. Les gouttes de pluie font des taches sombres sur ta chemise claire.

56

Tu as cinquante-six ans je ne sais où.

Je suis au Harlem Jazz Club, Carrer de la Comtessa de Sobradiel, Barcelone, le 17 juillet. Il est tard, il fait chaud, la boîte est pleine de connaisseurs et d'aficionados. J'écoute les notes qui coulent du piano droit et j'observe les longs doigts fins du musicien courir sur les touches. Je scrute son visage pour tenter d'y plaquer ce que je sais de celui d'Esteban : les yeux clairs, la peau mate, les cheveux fins. Peu de choses, en réalité, qui me permettent de maintenir le rêve d'une improbable rencontre.

Je ne t'ai pas revu depuis le périple à Ferney-Voltaire. Je m'attendais à te croiser dans le centre de Bayonne, boulevard Rempart-Lachepaillet ou sur les quais, mais les mois puis les années ont passé et tu n'es pas réapparu.

Je t'ai cherché à Bayonne, à Saint-Selve, à Barcelone et même à Palma de Majorque. Il n'y a de traces de toi nulle part. Le *Granero* a disparu, et avec lui la table sur laquelle tu avais gravé tes initiales.

J'ai gardé la voiture, je l'utilise peu, j'ai peur d'être contrôlé. En même temps que les papiers, tu as laissé dans la boîte à gants une déclaration faisant de moi le nouveau propriétaire.

Mon frère m'a conseillé de passer à la préfecture pour régulariser mais j'ai traîné puis, face à ton absence prolongée, j'ai fini par m'y rendre. J'y ai appris que tu étais à nouveau recherché, soupçonné de faire partie d'un commando de l'ETA responsable de trois attentats en quelques mois, le premier peu de temps après notre voyage à Ferney. J'ai été interrogé, ç'aurait pu me valoir des ennuis mais les flics semblaient te connaître mieux que moi. Ils ont cru à notre rencontre fortuite et à notre périple improbable. Ils connaissaient l'histoire, mon père la leur avait racontée.

Le tien est mort en juin, dans l'Ain. Je l'ai lu dans le journal. Un bref entrefilet et l'hommage ému de Jean-Marie Le Pen, rien de plus. Il s'est éteint dans son lit, retraité âgé et fatigué, « des suites d'une longue maladie », un paradoxe de plus.

J'ai tenté de retrouver tes demi-sœurs pour essayer d'avoir de tes nouvelles. Je n'ai pas réussi.

Je me suis mis en quête d'Esteban avec pour tout indice son prénom, son rôle dans les mouvements politiques catalans et sa proximité avec le chanteur Lluís Llach. Ça n'a rien donné. Alors, j'ai fait comme toi, j'ai erré dans les rues de Barcelone à sa recherche. J'avais deux handicaps : je n'avais pas de photo et la seule description sur laquelle je pouvais m'appuyer datait de plus de trente ans. Je savais que ça n'avait aucun sens mais je me fiais à ton expérience. Tu avais réussi à me trouver sans me connaître, le même miracle pouvait se reproduire. Il fallait juste forcer le destin comme tu l'avais fait, sans doute, en trouvant mon adresse. Quand j'ai vu sur un mur du Quartier gothique une vieille pub pour un concert de Lluís Llach, je me suis dit que le miracle était là. J'ai suivi la piste. Lluís Llach était une immense vedette à Barcelone, il devait être facile à trouver. J'ai lu qu'il produisait plusieurs chanteurs et musiciens et j'ai commencé à faire le tour des lieux où ils jouaient dans l'espoir de le croiser. Je suis tombé sur le Harlem Jazz Club. Il y avait sur le seuil une affiche pour le concert du soir. La vedette en était un pianiste prénommé Esteban. Je me souvenais que tu m'avais parlé de piano.

Maintenant je le regarde et je ne sais pas que penser. Comment reconnaître quelqu'un qu'on n'a jamais vu ? J'observe ses doigts, son sourire. Je cherche des similitudes avec les souvenirs que tu m'as racontés. Je note sa voix calme et douce, son humour plein de délicatesse lorsque, entre deux morceaux, il parle de sa musique. Je lui donne cinquante ans, trop jeune pour être « ton » Esteban ? Au fond de moi, je n'y crois pas vraiment - il y a beaucoup d'Esteban à Barcelone - mais je continue de rêver un moment. Je me dis qu'à quelques détails près tout aurait pu coller.

Soudain, je l'entends prononcer ton prénom. Je dois être encore dans mon rêve. Je tends l'oreille.

« C'est le titre du prochain morceau, il dit. Je l'ai composé en hommage à un ami que j'ai connu il y a très longtemps, quand j'étais adolescent à Palma de Majorque. Il a cinquante-six ans aujourd'hui. Ce concert est pour lui. »

Je l'écoute alors d'une autre oreille et le regarde comme si je l'avais connu moi aussi autrefois.

Je l'attends à la sortie. Il arrive entouré d'un petit groupe d'amis. Il est mince et détendu, bien sapé. Il a un beau visage, la peau mate, des rides aux coins de ses yeux bleus. Je m'approche de lui :

« Je suis un ami du type à qui vous avez dédié votre concert. »

Il reste un court moment figé, me scrute de son regard clair, ébauche un sourire puis lâche, avec un rien de soupçon :

« Vraiment ? Vous n'êtes pas un peu jeune pour être son ami ? Vous l'avez connu où ?

– Je suis le fils d'une femme qu'il a aimée », je réponds.

Il paraît à nouveau surpris, cherche ses mots.
« Ah oui, il fait après quelques secondes, comment… Lucille ? »
Ça m'arrache un sourire, il se rappelle le prénom. Je confirme.
« Comment il va ? il me demande. Donnez-moi de ses nouvelles.
– J'en ai pas eu depuis longtemps, je lui confie, et j'espérais un peu que vous en auriez. »
Il soupire.
« Je ne l'ai pas vu depuis le 26 juin 1970, il me dit, et il n'a répondu à aucune de mes lettres. »
Après un moment de flottement, il me prend par le bras et m'invite à boire avec lui et ses amis :
« Venez, on va passer le reste de la nuit à s'enivrer de son souvenir. »
Dans un troquet du port, derrière un verre de whisky, d'une voix douce, il me parle de toi, du gamin qu'il a connu à Palma, « avant l'apocalypse », et du jeune homme « brisé » qu'il a retrouvé ensuite à Bayonne. Il évoque le lien qui vous a unis et qui, si fort et si puissant, perdure au-delà du temps et de la distance. Je n'ose pas l'interroger sur la nature de ce lien mais je lui demande pourquoi il n'a pas suffi à maintenir le contact. Pourquoi être si loin l'un de l'autre alors que vous avez été si proches ?
Il réfléchit. J'essaie d'interpréter les nuances de ses yeux pâles mais je n'y lis rien.
« Je pourrais soutenir que "c'est la vie, c'est comme ça", il lâche au bout d'un long silence. En fait, entre mon arrestation et sa libération, il s'est écoulé près de vingt ans. Croyez-moi, ça n'a pas facilité notre relation… »
Il baisse les yeux puis avale une gorgée de whisky. Sa réponse me frustre. La prison comme unique raison de votre éloignement ? Il n'en dit pas plus et préfère revenir à ton parcours et

à ses regrets de ne pas avoir réussi à te sortir d'un destin tout tracé.

« À un moment, quelque chose m'a échappé et tout a basculé, il me glisse. Je m'en suis voulu. Il aurait suffi d'un rien pour qu'il reste sur la bonne rive… Peut-être une explication avec son père ou un geste de sa mère, je ne sais pas… Ou peut-être juste un mot que je n'ai pas osé lui dire… »

J'avale une gorgée de whisky pour trouver le courage d'insister.

« Vous savez, je reprends, il a passé du temps à me chercher dans l'espoir de revoir ma mère… alors que c'était vous, en réalité, la personne importante dans sa vie. Du coup, je comprends pas pourquoi il en a pas fait autant pour vous… »

Il change d'expression. Son regard se perd. Il réfléchit puis plante à nouveau ses yeux dans les miens.

« Pourquoi est-ce qu'il faudrait une logique à tout ? il demande. Je ne crois pas que nos vies soient toujours cohérentes. Pas la sienne en tout cas. Vous cherchez le rationnel chez quelqu'un qui, justement, en a toujours manqué. »

J'acquiesce poliment. Bien sûr, l'absence de logique, la vie sans cohérence. Je n'ose plus rien dire. Il replonge dans son whisky et reste silencieux. Je l'observe comme si ses traits délicats pouvaient apporter des réponses aux questions qu'il évite.

Après un moment, il relève la tête, me sourit et m'interroge sur ma vie. Ce que je fais, où j'habite, ce que devient ma mère. Je réponds rapidement et demande :

« Vous avez cherché à le revoir ? »

Il sourit, amusé par mon insistance.

« Oui, bien sûr, il réplique. Quand j'ai appris dans quelle prison il était, je lui ai écrit, j'étais prêt à traverser l'Espagne et la France pour aller le voir… »

Il n'en dit pas plus, finit son verre et fait signe au garçon qui revient le servir.

« Et il vous a pas répondu, je lâche comme pour terminer sa phrase.

– Non.

– Comment vous l'expliquez ? »

Il hausse les épaules, soupire.

« Vous avez dû être déçu, non ? » j'insiste.

Ses yeux me scrutent. Il me demande mon âge.

« Vingt-quatre ans.

– Je crois que dans sa vie bâtie de travers il a tenté de se cramponner à ce qui lui apparaissait comme normal, il m'explique. Ce n'est pas votre mère qu'il a aimée, c'est l'espoir de l'existence bien cadrée qu'elle représentait. Un couple lambda, avec une famille bien structurée et, qui sait, un garçon comme vous... »

Il avale une gorgée de whisky, me regarde avec un sourire bienveillant.

« Est-ce que vous êtes sûr que c'est votre mère qu'il cherchait ? il me demande. Est-ce que ce n'est pas juste vous, en fait ? »

Je réfléchis un moment.

« Oui, peut-être, je réponds, mais il est quand même obsédé par le passé. »

Il soupire.

« Vous savez, il fait, quand je l'ai connu, il avait dix-sept ans et quelques années plus tard, quand on s'est retrouvés, je crois qu'il avait encore dix-sept ans. »

Il finit son verre en guettant ma réaction. Je ne trouve rien à répondre. Le bar ferme.

Sur le trottoir, dans l'aube, il me fait promettre de l'appeler à la moindre nouvelle, « bonne ou mauvaise ».

De retour à Bayonne, j'arpente les rues jour et nuit dans l'espoir qu'un miracle se produise à nouveau et que tu apparaisses boulevard Rempart-Lachepaillet ou sur les quais mais rien ne se passe et je me décourage.

Je ne sais pas si tu es encore vivant, planqué quelque part au Pays basque, ou dans une cabane de la forêt landaise. Difficile de croire que tu sois reparti dans le long tunnel de la clandestinité comme quand tu avais vingt ans. Tu semblais usé et déphasé, revenu de tout, y compris, surtout, du combat et de la fuite.

Si tu étais en vie, tu m'aurais sans doute adressé un mot ou un signe, tu te serais débrouillé pour me croiser « par hasard » au coin d'une rue, ou alors je n'ai rien compris à ta personnalité et à ton parcours, avalé trop vite tes histoires, surévalué ton désarroi. Peut-être que n'ayant plus besoin de mon aide, tu n'as pas trouvé utile de me croiser à nouveau et que, arme à la main, tu poursuis ta guerre.

Je préfère t'imaginer sur un surf, dos au monde, le regard perdu vers un horizon inatteignable. Je voudrais que tu sois enfin apaisé, qu'émergeant des ruines de ton passé tu aies trouvé ta place.

57 - 1

Tu n'as pas eu cinquante-sept ans.

Tu es réapparu, pourtant, curieusement, quelques semaines avant ton anniversaire. C'était un samedi ensoleillé de juin, je venais de quitter Paris, tu as appelé chez moi.

« Alors ? tu m'as lancé sans te présenter, de retour à Bayonne ? »

Je ne pensais plus à toi et j'ai mis du temps à identifier ta voix.

« Je suis l'ancien propriétaire de la voiture avec laquelle tu circules... tu as ajouté. Tu l'as gardée, hein ? »

J'ai mis un long moment à répondre.

« Oui, j'ai fait finalement, je l'ai gardée. »

Six ans que tu avais disparu.

« Je savais qu'elle serait entre de bonnes mains... »

Je suis resté muet.

« Je suis aussi allé sur la tombe de ta mère », tu as lâché ensuite.

Je n'ai pas compris le « aussi » mais j'étais si surpris que je n'ai pas réagi.

« C'était une fille formidable, je suis sûr qu'elle a été une mère exceptionnelle. »

Je n'arrivais pas à comprendre le sens de ton propos. Tu appelais pourquoi ? Pour me parler de nouveau de ma mère ?

« Tu sais j'ai encore son livre, *Sur la route*, de Jack Kerouac... Je voudrais que tu le récupères. Et je te donnerai aussi quelques souvenirs personnels. J'aime autant que ça aille à toi. »

Ça m'a donné le sentiment que tu étais en partance et que tu te séparais de tout ce qui t'appartenait. Mais tu avais fait quoi depuis le voyage à Ferney-Voltaire ? Tu avais vécu où ?

« Tu es toujours recherché ? » je t'ai demandé.

Tu es resté silencieux un moment puis tu as lâché :

« Tu sais, j'ai fait ce que mon père n'a pas voulu faire...

– C'est-à-dire ?

– J'ai accepté de rendre les armes... au nom de la réconciliation.

– Ah, j'ai répliqué, c'est bien.

– Je sais pas trop. Je crois que je l'ai fait surtout parce que mon père ne l'avait pas fait. Je lui en ai beaucoup voulu pour ça, entre autres choses.

– Tu lui en as voulu parce que tu savais que c'était la bonne chose à faire. Du coup, t'es plus recherché ?

– Je ne suis plus recherché mais j'en ai pas fini avec la justice.

– C'est-à-dire ?

– Il va falloir quand même que je rende des comptes.

– Tu vas aller en prison ?

– Pas pour le moment.

– Alors tu vas où ?

– Nulle part.

– Pourquoi te débarrasser de tes affaires alors ?

– Je m'en débarrasse pas, je te les donne.

– Mais pourquoi maintenant ?

– Parce que justement, je vais nulle part. J'ai fini mon voyage.

– C'est-à-dire ?

– J'ai accepté de rendre les armes. Je suis officiellement un traître. »

J'ai mis quelques secondes à comprendre.

« Tu as peur des représailles ? »

Tu as soupiré bruyamment.

« Oh ! Bix, tu sais, j'ai cessé d'avoir peur. »

Tu m'as fixé un rendez-vous pour le soir même. Pourquoi ne pas se retrouver sur les quais, comme autrefois ?

Je t'ai dit que j'avais déjà un rencart mais ce n'est pas pour ça que j'ai repoussé la rencontre. C'était à cause d'Esteban. J'ai pensé à lui et au temps nécessaire pour le prévenir et le faire venir. Tu as accepté de différer jusqu'au lendemain, pas plus. « Le temps presse », tu m'as dit.

Dès que j'ai raccroché, j'ai appelé Esteban. Il n'était pas chez lui alors j'ai laissé un message et j'ai attendu toute la nuit à côté du téléphone. Il m'a réveillé à l'aube. Il m'a dit : « Je pars. J'en ai pour neuf heures de trajet. Je serai là dans l'après-midi. » Je lui ai répondu que je l'attendais au *Piémont*.

Il est arrivé, plus tard que prévu, en tout début de soirée. Il avait l'air fatigué et fébrile. Je lui ai commandé un whisky et un grand café. Il m'a demandé des détails sur ton coup de fil puis, pour se détendre, il a fait courir ses longs doigts minces sur sa cuisse droite comme s'il était à son piano.

C'était un soir printanier et doux. Foule animée aux terrasses, atmosphère légère et joyeuse emplie d'optimisme et d'espoir. Depuis le *Piémont*, on a guetté ta silhouette. J'ai, de loin, reconnu ta démarche, ta façon de te tenir, ton corps long et fin, là-haut sur le pont Marengo. Tu regardais dans ma direction mais ce n'était pas moi que tu voyais. C'était Esteban. Je lui ai jeté un œil. J'aurais voulu photographier son visage, ses traits figés, l'expression de son regard incrédule, ce mélange d'émotion et d'appréhension. J'y ai perçu, malgré les rides et les cernes, une lueur adolescente.

J'ai vu arriver la moto dans ton dos. Avant même qu'elle parvienne à ta hauteur, j'ai senti le danger. Je ne sais pas pourquoi. Peut-être parce qu'elle donnait l'impression de foncer vers toi.

Ou parce que les deux motards avec casques intégraux avaient quelque chose d'incongru dans le calme soir de juin.

Je me suis levé d'un bond et toi, l'instinctif, toujours à l'affût, toujours aux aguets, tu n'as pas compris. Au lieu, comme tu l'aurais fait autrefois, de chercher une arme dans ton blouson, tu es resté les yeux fixés sur Esteban. Le temps que je puisse dire un mot ou tenter un geste, déjà le passager de la moto avait sorti un flingue. Sa silhouette, le revolver au bout de son bras, s'est découpée dans le contre-jour. Le canon était à quelques centimètres de ta tempe droite. Je revois l'étincelle, le mouvement de recul du bras tendu, le souffle sur ta tête, l'explosion de ton crâne. Un halo d'éclaboussures. Tu t'es effondré, la moto est partie. Il y a eu des cris. On s'est précipités sur le pont. Tu gisais sur le trottoir, couché sur le côté, bouche ouverte, yeux fermés. Ton crâne était comme une boîte de conserve dont on aurait mal ôté le couvercle. On y voyait un amas de matières flasques baignées de sang, comme de la cervelle d'agneau passée au mixeur. Il y en avait plein la chaussée. J'ai détourné le regard puis j'ai vomi. Ensuite, j'ai perdu connaissance. Quand j'ai rouvert les yeux, Esteban était près de moi et m'a lancé : « Sois fort. Ça va aller. »

Jamais je ne me déferai de ces deux images : ta tête explosant sous l'impact et ton crâne éclaté sur le sol.

Je repense souvent au gars de la Facel Vega, à ton récit, ta description de ce corps défoncé et mille gouttes de sang sur les sièges clairs, à l'étrange similitude entre ta mort et la sienne.

J'ai du mal à croire à un hasard ; ou alors un hasard que tu as provoqué. C'est comme si, consciemment ou non, tu avais voulu subir le même sort que ce gamin perdu. Tu ne t'es jamais pardonné d'avoir livré son identité à ton père.

« La culpabilité a bouffé son existence », a dit Esteban. Moi aussi, je me suis senti coupable. Coupable d'avoir fait venir Esteban pour des retrouvailles aussi cruelles, d'avoir provoqué le chagrin avec lequel je l'ai vu s'en aller. Coupable aussi d'avoir repoussé ton rendez-vous malgré « le temps pressé » et de n'avoir pas réussi à te prévenir du danger imminent.

Je t'ai connu brièvement. Ta façon de m'aborder m'a poussé à garder mes distances. J'étais jeune et marqué, moi aussi, par les cendres de mes dix-sept ans. Il a fallu du temps pour que j'accepte les rendez-vous en terrasse et le voyage à Ferney-Voltaire. Je l'ai fait sans me livrer ni m'attacher. Ton pedigree, les cadavres laissés en bord de route, ton étrange attitude empêchaient la complicité. Je t'écoutais, attentif mais étranger, pendant que toi, tu livrais sans calcul les méandres de ta « non-vie ».

Ta confiance me gênait, mais ton histoire me touchait.

Le récit que tu m'en as fait m'a ému même si je ne te l'ai pas dit, même si je ne te l'ai pas montré. Je l'ai reconstitué à partir des notes que j'ai prises, des souvenirs d'Esteban et du carnet à spirale que j'ai trouvé sur toi le jour de ta mort. Tu l'avais fourré dans ta poche avec l'exemplaire de *Sur la route* de Jack Kerouac. C'est le bloc-notes sur lequel tu as écrit, avec une régularité fluctuante, ce que tu as fait et où tu te trouvais le jour de chacun de tes anniversaires. Tu voulais probablement me le confier. Il est taché de sang, comme le Zippo et la boîte à cigarettes en métal argenté.

Bien après ta disparition, ton histoire reste en moi, sans doute parce qu'elle est cabossée, morcelée, dérangeante, ou simplement parce que, comme tu l'as affirmé un jour à Bayonne, tu aurais pu être mon père.

Il fait beau, c'est l'hiver, un soleil froid illumine la Nive.

J'observe le pont Marengo depuis la terrasse du *Piémont*. Je pense à toi.

Je t'adresse ces mots sans espoir qu'ils te parviennent, comme autrefois tu écrivais à ma mère sans connaître son adresse. Je n'ai pas, moi non plus, renoncé à avoir dix-sept ans.

Merci à Dana Burlac et à Flandrine Raab, qui ont sélectionné ce manuscrit et l'ont édité avec un enthousiasme et une sensibilité que je n'oublierai pas.

Préparation de copie : Guillaume Müller-Labé
Correction : Marie-Laure Sers
Maquette de couverture : Raphaëlle Faguer
Fabrication : Marine Garguy & Sébastien Dos Santos
Composition et mise en pages : Nord Compo à Villeneuve-d'Ascq
Photograveur : IGS-CP

Achevé d'imprimer en France
par CPI Firmin-Didot
en juin 2023
N° d'impression : 175193